JN118663

気高き騎士は初心な王子を一途に愛す

釘宮つかさ

illustration:
みずかねりょう

CONTENTS

気高き騎士は初心な王子を一途に愛す

＊

爽やかな風が塔の窓を吹き抜けていく。

かすかに髪を撫でていく風を感じながら、城にそびえる塔の半ばまで上ったユリアンは、こっそりと裏庭の一角を見下ろしていた。

そこには剣を手にした六人の男たちがいて、雑談をしながら軽く剣の打ち合いをしている。

「さて、次は誰と誰だ？」

ちょうど、短い黒髪の男と一戦を終えた金髪の男が、そう言いながら、取り出した金貨を空に向かって投げる。

同じように、黒髪の男も金貨を投げた。

それぞれが落ちてくる金貨を掴むと、掌を開いて見せ合う。金髪の男――クラウスは二つの金貨を見て微笑んだ。

「――よし、次の組み合わせは、レーヴェとセルジオだな」

金髪に眩い美貌のクラウスは軍人で、現王の従兄に当たる。彼と戦っていた短髪の男はリカルドといい、国王レオンハルトの直属の部下だ。

金貨の導きに、腕組みをして立っていたもう一人の黒髪の男と、それからブルネットの髪をした体格のいい男が、場の中心に足を進める。

「セルジオとやるのは久し振りだ。腕が鳴るな」

口の端を上げ、剣を構えながら言うのは、つい先頃王位を継いだばかりのエスヴァルド王国の若き国王、レオンハルトだ。緩い癖のある黒髪に意志の強そうな漆黒の目をした彼は、ユリアンの七歳年上の腹違いの兄でもある。

「陛下にお相手していただけるとは光栄です。どうぞお手柔らかに」

礼儀正しく頭を下げてから剣を抜くと、ブルネットの男が言った。

やや強面の精悍な顔立ちをした彼は、セルジオ・ジルベルト・ダルザスという名の貴族で、クラウスの側近だ。

つまり、この場には、国王を含めた王立軍の幹部たち、ナンバー4までが全員揃っている。

あとの二人も顔を見たことがあるので、おそらく全員が王立軍の人間だろう。

彼らは全員が上流階級の頂点にいる。皆高貴な血筋に生まれ、高い身分にある上に、それぞれが際立った容貌や立派な体格に恵まれている。国王とその従兄はすでに結婚して伴侶がいるけれど、二十代後半のセルジオとリカルドはまだ独身だ。

皆、違った魅力を持つ貴族の男たち。この面子が城の裏庭で剣の打ち合いをしていては、注目を集めないはずがない。やはりというか、城の窓や通路にはちらほらと彼らを眺める人影が覗いている。城に住まう王族やその使用人、城に出入りできる身分の者たちも皆、気になるのだろう。ちょうどこの塔からは、城の本棟と別棟を繋ぐ通路でひそひそ話をしながら頬を染め、こっそりと彼らの打ち合いに見入っている若い使用人たちの姿が見えた。

そして、そんな彼らと同じように、王子のユリアンもまた、この光景が見られるときを心待ちにしているのだった。


王城では、主要王族や大臣など、国の重鎮が集まって定期的に正式な議会が開かれている。それとは別に、少し前から、将来を担う若い貴族たちの会合が週に一度程度開かれるようになった。

そこにやってきたセルジオは、だいたいいつもこうしてひとときの間、裏庭に出てきて、レオンハルトやクラウスとともに剣の打ち合いをする。

ユリアンは前王の子だが、兄たちのように軍には入隊していない。

更には、まだ未成年で、定例議会にも若手貴族たちの会合にも参加できる年齢ではないため、セルジオの姿を確実に見られるのは、週に一度のこの日だけだ。

だからユリアンは、会合の日は早起きをしてこの塔に上り、持ってきた本を読みながら、彼らが出てくるのを今か今かと待つのが常だった。

朝露が乾いて間もない午前中の裏庭に、セルジオとレオンハルトが剣を打ち合う音が小気味よく響く。

時折会話を交わしながらのやり合いで、どちらも全力には程遠いだろう。それでも、現役の軍人である彼らの剣技は巧みで美しくもあり、見る者の目を引きつける。

（ああ……、今日もカッコいい……）

ユリアンは、目当ての男の雄姿に釘付けだった。

レオンハルトと剣を交えるセルジオを、ひたすら目で追う。

長身で鍛錬を欠かさない兄やクラウスたちに比べても、がっしりとした非常に男らしい体格をした彼は、非常に軽い身のこなしで、素早く鮮やかに剣を振るう。

シャツ越しにも鍛え上げた逞しい肉体と、優れた剣の腕前がわかり、見ているだけで胸がどきどきした。

二人は互いに陽光を弾いて煌めく剣を突き出し、それを阻み、打ち返している。

軽く打ち合っていた二本の剣の動きが、次第に熱気を帯びてくる。胸の前で手を組み、緊張して見守るユリアンの目に、彼らの技量には大きな差はないように見える。

国王であるレオンハルトは愛想はない性格だが、決して暴君ではない。たとえ臣下に打ち負かされたとしても、罰を与えたりするような器の小さい人間ではない。

しかし、国王に対する礼儀として、セルジオは安易に勝ってしまわないように立場を弁えているのだろう、競り合いがやや白熱してきたところで、レオンハルトがセルジオの胸元に剣を突きつけて、一本取る。

「参りました」とすんなり頭を下げ、セルジオが静かに剣を収めた。

「やれやれ、手加減は不要だと言っただろう?」

セルジオの気遣いなどはお見通しのようで、剣を払うレオンハルトは苦笑している。

「お前とはいつか本気で打ち合ってみたいものだ」

「機会をいただけましたらぜひ」と言い、セルジオは恭しく頭を下げている。

ひととおり打ち合ったらしく、他の者たちも剣を収め、従者から受け取った手拭いで汗を拭いている。

そろそろ彼らが城に引き揚げそうな様子を眺めながら、ユリアンも自分ももう部屋に戻らねばと思う。

本を手に立ち上がりつつ、名残惜しく彼を目で追う。

そのときふと、セルジオが空を仰いで、ユリアンは息を呑んだ。

ユリアンは小走りで、塔から城の本棟二階にある自分の部屋に戻った。

すでに掃除は終わったらしく、室内には誰もいないのにホッとした。動揺している顔を見られたくないし、どこに行っていたのかと訊かれたら誤魔化さねばならなくなる。手元では急いで本を開いて授業の準備をしながら、頭の中でもやもやと考える。

（もしかしたら、僕が見ていたこと、セルジオに気づかれちゃったかな……）

とっさにしゃがんで隠れたけれど、もし彼に見られていたらと不安になった。

彼らが裏庭に出て剣の打ち合いをするとき、レオンハルトにもクラウスにも内緒で、ユリアンは欠かさず見に行っている。もしそのことを伝えれば『ならば一緒にやろう』と誘われてしまいそうなのが怖いのだ。

一緒に剣の打ち合いなどもってのほかだ。剣の腕は、今では人並み程度には上達したと思うけれど、軍人の彼らには到底敵うものではない。仲間には入らず、ただ静かに、遠くから見つめていられるだけでいい。

あの塔は、そんなユリアンが心ゆくまでセルジオの勇姿を堪能できる、とっておきの場所だったのだ。

もし覗き見が彼にばれていて、気持ち悪がられてしまったら悲しい。次からは違う場所を探したほうがいいかもしれない、と沈んだ気持ちで考えながら机に向かう。

今日の家庭教師は国内でも権威ある歴史学者で、高齢のためか少々気難しい。ユリアンが何か失態を演じるとすぐ母に知らせが行って叱責されてしまうため、しっかり前回の授業の復習をしておかねばと、書きつけたまとめに急いで目を通す。

「王太子殿下、ごきげんよう」

「先生こんにちは。どうぞ、これまで通りユリアンとお呼びください」

つるりと禿げ上がった頭に、顎には立派な白髭をたくわえた教師を丁重に迎え入れる。毎回同じやりとりをしていることを覚えているのかどうか、「そうでしたな」とにこにこしながら彼が頷く。

「ユリアン様は本当に偉ぶらないお方です。授業も毎回熱心にお聞きになりますし、次の王にこれほど相応しい方もおられませんな」

過剰なほど褒め称える言葉に、内心で頬を引きつらせながら、ユリアンは彼に椅子を勧める。

——いったい、誰が王に相応しいって？

現在十七歳のユリアン・ルチアーノ・エスヴァルドは、エスヴァルド王国の第三王子としてこの世に生を受けた。

王家の血を引く者は皆長身で、父も兄も従兄も、男たちは皆背が高く立派な体格をしている。しかし、ユリアンだけは成長してもあまり背が伸びず、皆より頭一つ分は小さいまま止まってしまった。体格も細身で、実年齢よりも下に見えてしまう容貌が悲しい。

少し暗めの金髪に深い青色の目で、顔立ちだけなら若い頃は奇跡の美貌と謳われた母に似ているようだが、小柄だからか、なんとなくパッとしないのだ。

前王の子は三兄弟で、長男レオンハルトと、次兄のルーファスと末子のユリアンたち二人は母親が違う。とはいえ、三人の仲は決して悪くはなく、下の兄弟二人は何をさせても優秀な長兄に素直な憧れを抱きながら育った。

半年ほど前、三人の父である前王ルードルフが五十歳の誕生日を迎え、しきたり通りに退位した。当時王太子だったレオンハルトが新王として即位したため、現在はユリアンが彼のあとを受け、新たな王太子位に立っている。

代々この国では、王太子や王になれるのはすでに伴侶を得ている者のみと定められていた。そのため、まだ伴侶のいないユリアンには本来その資格はない。しかし、レオンハルトが王位についたあとに議会で取り上げ、話し合いを重ねた末に、未婚の者でも王位や王太子位に

立てるよう定めを変えた。そのおかげで、ユリアンは独身ながら王太子になれたわけだが
――次兄がいるのに第三王子の自分が王太子位に立ったのには、とある複雑な事情があった。

ユリアンと同母の兄であるルーファスは、数年前、友好的に併合された元隣国であるイグナーツの統治に赴き、そこで出会った元王女と縁あって結ばれた。すぐに子も授かり、今年三人目の子が生まれている。一帯の領主として静かな暮らしを手に入れた彼は、もうエスヴァルドの城に戻るつもりはないらしい。王位継承権も放棄すると申し出てしまった。

そうして、レオンハルトが王位を継いだあとは、兄のルーファスを飛び越え、末弟のユリアンが王太子位に立つことになった、というわけだ。

（……いや、なってしまった、と言うべきかな……）

やや自嘲気味に思いながら、教師の講義に耳を傾ける。

「かようにして我が国は、大陸の多くを支配することとなり……」

教師は物語でも語るかのように、抑揚をつけてこの国の歴史を話す。

彼は母の一族に縁のある者なので、ところどころにルーヴァン家の自慢話が入るのは聞き飽きたが、決して態度には出さず、そこ以外の場所は真面目に耳を傾けた。

国の歴史は、すでに知っていることも多かったけれど、初めて聞く話のいくつかは興味深いものだ。

ユリアンの趣味は読書と手紙を書くことだが、勉強も嫌いではない。

王族の一員として生まれた以上、特権と裕福な生活を享受する代償として、知っておかなければならないことは山ほどある。

エスヴァルド王国は広大な大陸の中央一帯を支配する大国だ。東と西に接するヴィオランテやサビーナとは古くから領土を奪い合い、激烈な戦争を繰り広げたが、長い戦を乗り越えたのちに国境線が定まった。周辺国とはそれぞれ和平を結び、現在はどの国も戦よりも発展に向けて進んでいる、幸いにしてユリアンは、血塗れの戦が終結した平和な時代に生まれた。

(この国って不思議なところだよな……)

教師の話を聞きながら、頭の中でぼんやり思う。

このエスヴァルド王国には、王位や結婚に関連して、他国にはないようないくつかの珍しいしきたりがある。

その一つが、即位に関することだ。ユリアンたちの父である前王ルードルフは五十代で、しばらく病に伏せっていた時期があったけれど、最近ではかなり持ち直していると聞く。しかしこの国では、たとえ王が健在であっても、五十歳の誕生日を迎えたら、必ず次代の者に王位を譲るようにと定められているのだ。

更に、王位継承権についても、王の長子から順番に与えられることはない。五十歳以下の王族全員の中で、〝成人して伴侶を得ている者の中から、もっとも優秀な者が王位を継ぐこと〟と決められてきた。

優秀、の観点は様々だが、最終的には国王に次いで最大権力を持つ議会の投票によって決定される。

現国王を選ぶ際は、ほぼ満場一致で可決された。皆の期待を受け、その前年に伴侶を得たレオンハルトが王位についたのは、誰の目にもごく自然なことだった。

兄が選んだ相手は、大陸北端にあるフィオラノーレという小さな国から来た美しい神官だった。

身分としては平民だが、神職の者は生まれや身分にかかわらず、どこの国でも王族に次いで敬われる存在だ。王太子に見初められて結婚し、現王妃の座についたナザリオは、亜麻色の髪に琥珀色の瞳をした天使のように綺麗な人で、しかも手を触れた者の運命の相手を占うことができるという不思議な力を持った青年だ。

レオンハルトの突然の結婚とその相手の性別には皆驚いたけれど、伴侶を得て、彼が王位を得られる身になるのは誰もが望んでいたことだった。兄を尊敬しているユリアンも、もちろん心からの祝福を送った。

エスヴァルドは結婚において自由が許される国で、王族であっても政略結婚を強いられることはない。身分も結婚相手の性別も問われず、本人が望む相手と結ばれることが認められているのだ。

この国には、古くは大陸を制覇した歴史を持つ王立軍が首都を中心に要所に配備されている。地方軍にも軍規が行き渡り、兵士は末端まで統率されている。強力な軍の噂は他国まで響き渡り、そうやすやすと攻め込まれることはない。そのため、現在は周辺国と血縁関係を結んで強固な関係を保ったり、恩を売ったりする必要がないのだ。

更に、次期王位がそのまま王の子に受け継がれる仕組みでないことも大きく影響しているのだろう。

だから、異国の神官でかつ同性と結婚したいというレオンハルトの希望も、ごく一部、年配で頭の固い貴族たちを除いて、議会では多数の賛成で承認された。

(それはナザリオ様が、特別な占いの力で周辺国に名を知られた神官だったからっていう理由も、もちろんあるんだろうけど……)

耳では教師の講義を聞き、重要なところをペンで書きつけながら、ユリアンは考える。

兄が結婚したあと、従兄のクラウスも結婚を決めた。

前王の弟の子である上に、美貌と柔らかな物腰、優しい性格で貴族の娘たちからの熱い注目を集めていた彼の相手は、驚いたことにレオンハルトの伴侶、ナザリオの元側仕えであるティモだった。

結婚前に祖国で神官として任ぜられ、使用人の身ではなくなっていたものの、それでもクラウスの結婚相手が明かされると、国ではレオンハルトのとき以上に物議を醸した。

ユリアンも、正直それには、兄のときの比ではなく驚いてしまった。

ティモは綺麗で控えめな雰囲気をした青年だ。気遣いのできる感じのいい人で、彼に会えばクラウスが心を奪われたのも理解できる。

けれど、ユリアンが衝撃を受けたのは、クラウスまでもがフィオラノーレ出身の平民と結婚したからではなく――兄と従兄の二人ともが、跡継ぎを産まない同性を伴侶に選んでしまったことだった。

授業の時間が間もなく終わるという頃、部屋の扉がノックされ、「どうぞ」と返事をする。入ってきたのは、ユリアンが子供の頃からそばで働いてくれている側仕えのアデルだった。

「クローディア様がいらっしゃいました」

そっと告げられた言葉に、ユリアンは思わず身を強張らせた。

「――おお、王太后様！　本日はご機嫌も麗しく」

教師が嬉々として立ち上がり、よろめきながらも深々と頭を下げる。

「先生、どうぞお座りくださいませ。授業のお邪魔をしてしまって申し訳ありません。部屋のそばを通りかかったものですから、ユリアンのお勉強ははかどっているかが気になって」

「もちろんですとも！」と教師が胸を張って答えている。

彼女が部屋に足を踏み入れると、ふわりと甘い香水の香りが漂ってきた。上品な深緑色のドレスに、凝ったかたちに結い上げた艶やかな髪。侍女を従えて入ってきたクローディアは、ほっそりとした白い手に扇子を持ち、小作りな顔に笑みを浮かべている。

「お母様、こんにちは。どうかなさったのですか？」

ユリアンがソファに座るよう勧めると、彼女は優雅な仕草で首を横に振る。

「すぐに失礼しますから結構よ。言ったでしょう？　大聖堂から戻りがてらちょっと寄っただけなの。どうかしら、順調に進んでいるの？」

「も、もちろんです、先生のお話は大変聞きやすく、内容も興味深いことばかりで……」

ユリアンが手放しで褒めると、教師は誇らしげに髭を撫でている。

「それは良かったわ。先生がお時間を取ってくださる貴重な機会なのだから、よくお話を聞いてね。では、お勉強の妨げになってはいけませんので、私(わたくし)はこれで失礼いたします」

望み通りの答えを聞いたからだろう、にっこりしてクローディアは身を翻す。

ユリアンがホッとしかけたとき、ふいに母がこちらを振り返って言った。

「そうそう、あちこちの貴族から、また新しくいいお話が山のように届いていますからね。

お見合いをする気になったら、いつでも言ってちょうだい」

「い、いえ、その……それはまだ……」

ぎくりとして、とっさに断りの文句が出てこず、もごもごと答える。

単に少し急かしに来ただけで満足したらしい。ユリアンの曖昧な答えにも怒らず、母は教師に優雅に挨拶をすると、お付きの者とともに部屋を出ていった。

「……いやあ、クローディア様は相変わらずお美しいですなあ！　本日はお会いできて光栄でした。王城の薔薇と謳われるのも納得ですな」

教師がため息交じりに褒め称えるのを複雑な気持ちで聞きながら、ユリアンは笑顔を作って礼を言う。

おそらく、これが母に会った者のごく一般的な感想なのだろう。

こうして時折気まぐれにユリアンの元にやってくる母クローディアは、エスヴァルド王国の中でも際立って裕福なルーヴァン家という貴族の出だ。

前王の第二夫人から、王妃亡きあとに正妃となり、今は王太后の地位にいる。

いつも綺麗に身なりを整えている彼女は、教師が褒め称える通り、息子の目から見ても美しい人だ。

しかし——一見するとたおやかな雰囲気をした女性なのに、その実、彼女は思い通りにならないことがあると、子供たちや使用人相手にヒステリックに泣き喚く。ささいな粗相でも秀麗な眉が顰められ、くどくどと長い説教が始まるのが怖くて、ユリアンは母が突然会いに来るたび、いつも気が重くなった。

（子供の頃は、お母様のことがあんなに大好きだったのに……）

おぼろげな記憶の中でも、ユリアンが幼い頃、母はとても優しかった。何も強要せず、聖女のような微笑みで優しく抱き締め、頭を撫でてくれたことをよく覚えている。

今は王家の中でも目立たない凡庸な王子になってしまったが、実はユリアンは、幼い頃は医師や学者から天才だ神童だと褒め称えられ、一族から大きな期待を受けていた身だった。

一歳になる前から達者な言葉を話し始め、二歳になる前に難しい本を一冊読み終えることができた。活発で賢い上に、見た目は可憐な美貌の第二夫人そっくりで、成長したらどれほど立派な王子になるだろうと囁かれていたそうだ。

しかし、三歳を迎える頃に、明るかったはずの未来に唐突に影が差した。

とある出来事から初めて母に厳しく叱られ、そのショックから寝込んで高熱を出したユリアンは、何日もの間、死の淵を彷徨った。王宮付きの医師がつきっきりで看病し、奇跡的に命は助かったものの、目を覚ましたあとは、別人のようなぼんくらになっていたらしい。

体調は回復しても、覚えていたはずの言葉は舌足らずで、それまで容易くできたこと何もかもができなくなっていた。ただ普通に挨拶をしたり、歩くことすらもままならない。しかも、高熱のせいか、両親や世話係たちの記憶までさっぱり失っていて、誰が誰だかもわからなかった。そんな我が子の状況を知ったとき、母はショックのあまり寝込んでしまったそうだ。

神童らしさをすべて失ったあと、母はユリアンに期待をかけなくなった。

その代わりのように、今度は次兄のルーファスに執着し、どうにか王位を継がせるべく奮闘していたけれど、その次兄も呆気なく王家から出ていってしまった。

そんな母が、こうして長い間放置していた末の息子に再び目を向け、早く見合いをと殊更にせっついてくるようになったのは、きっかけがあった。

十ヶ月ほど前——レオンハルトに続いて、クラウスが同性と結婚したことだ。

当時、王位のもっとも近くにいた二人ともが跡継ぎを授からない相手と生涯を誓い合った。しかも、そのどちらも今後第二夫人を迎える気がないようだという噂を耳にすると、クローディアはすぐさまユリアンに厳命してきた。

『一刻も早く結婚して、跡継ぎをお作りなさい』——と。

その瞬間に、城の片隅でのんびりと生きてきたユリアンの穏やかな人生計画は、がらがらと音を立てて崩れ去った。

兄レオンハルトがしきたりに従って五十歳で退位する頃、ユリアンは四十三歳になる。たとえ王位についたとしても、在位期間はたった七年しかない――しかし、もしそのとき、ユリアンに成人した子供がいたら。

兄も従兄も跡継ぎに恵まれず、王位継承の時期にもし自分に跡継ぎがいれば、退位が目前にある四十代のユリアンより、議会はその子供を次代の王として承認するだろう。

――つまり、ユリアンの子が、レオンハルトの次の国王になれるのだ。

万が一の事態に備えて、王子は皆帝王学を学ばされている。ユリアン自身も王位につく可能性は少ないながら、様々な教師に勉強を教わってきた。しかし、クラウスの結婚後、母の関心の向く先はユリアン自身を王位につけることではない。

息子を王の母となるに相応しい異性と結婚させること、更にはその相手と速やかに子を作らせること、それのみに目の色を変えている。

(……お母様のお気持ちも、わからないではないんだけど……)

現状を顧みると、ユリアンの口からはため息しか出てこない。

母の執念には理由があった。

元々、前国王の第二夫人として嫁いだ母は、前王妃亡きあと、たった数年しか王妃の座にいられなかった。ようやく自分が王妃として脚光を浴びるときが来たはずだったのに、夫が五十歳を迎えて退位し、彼女もまた王妃の座から降りることになったからだ。

しかも、その前から、前王妃の息子であるレオンハルトが、国王代理として政務を代行することが多くなっていた。結局、母はほとんど権力を握ることはできず、指をくわえてそれを見ていることしかできなかったのだ。

だから、ユリアンの子が国の頂点につくことは、母の後ろ盾であるルーヴァン家の誉れであるとともに、母自身の悲願でもある。

――ルーヴァン一族の血を引く国王の誕生。

けれどユリアン自身は、母からの命令に困惑しか湧かなかった。

第三王子として生まれ、上には二人の兄と従兄もいる。レオンハルトの次の王は、どう考えても彼らのうちの誰かの子であり、自分はそもそも王太子にすらなる予定ではなかった。

しかも、王家を出たとはいえ、次兄のルーファスはすでに三人の子に恵まれている。ならば、授かるかもわからないユリアンの子ではなく、その子たちに期待をかけてくれれば、と切実に思うが、母の気持ちはそう簡単なものではなかった。

母にはルーファスの子を王家に迎え入れたいなどという考えは、かけらもない。

――なぜなら彼女にとって、自分の許しも得ずに結婚して国を出た次男は、裏切り者だから。

授業の内容について質問をしているうちに、終わりの時間が来た。教師に礼を言って、部屋を出るところまで見送ってから、ユリアンは再び机に向かう。今日の授業で得た知識をまとめて、午後にやってくる別の教師から渡されていた本を読み始めた。

母が去ったあとも『早く見合いを』と急かされたことが頭のどこかに残っているせいか、いつものように集中できない。

母は、結婚した次兄に、『二度と城に足を踏み入れないように』と絶縁の手紙を送り、今でも彼を許してはいない。恨みの根深さを表すかのような対応が、ユリアンは悲しかった。

二人の兄と従兄の結婚は、意図せずにユリアンの運命を変えるものでもあったけれど、それは別の話だ。皆、苦しみの中から自分の幸せを掴んだのだ。兄たちの決断を、ユリアンは祝福せずにはいられなかった。

長兄レオンハルトは赤子のときに使用人によって連れ去られ、自分の子だと主張されるという事件が起きたと聞いた。そのせいで彼は、実は使用人が生んだ子ではないかという中傷に、長年の間苦しめられてきた。従兄のクラウスも、考えの古い貴族たちから、母の身分が低いことをあからさまに蔑まれてきたらしい。

そして、次兄のルーファスは、腹違いの長兄に負けぬようにと日々母から叱咤されて育ち、辛い思いをしてきた。

彼が王家を出た理由が、弟のユリアンにはよくわかる。ルーファスは、どうしても母の呪縛から逃れたかったのだろう。

彼は、時折ユリアンに近況を知らせ、こちらの様子を訊ねる手紙をくれる。次兄は優しい妻と子供たちに恵まれ、穏やかな日々を送っているようだ。

読むたびに嬉しく思うけれど、ルーファスを失った母の執着はユリアンには重すぎる。

――しかも、自分には彼のように逃げられる場所はないのだから。

（……考えたって、仕方のないことだ……）

ユリアンはぶるぶると頭を横に振る。すぐに落ち込みそうになる弱い自分を、心の中で叱咤した。

一通り必要なところを読むと、本を閉じる。気持ちを切り替えるために立ち上がり、部屋の奥の棚の上から蓋つきの箱を持ってきた。中には手紙の束が入っている。すでに読んで、分けてあった分を取り出すと、それぞれに必要なところへの手紙を書く。

ユリアンの元には、様々な身分の人たちからたくさんの手紙が届けられる。その内容のほとんどが『困っているから、どうか国王陛下やクラウス様、または知り合いの大臣などに口を利いてはもらえないか』というような、直接王族や大臣に会える機会のない者からの仲介の頼みだ。

「うーんと、領地の境目問題は、その地方の役人に橋渡しを頼めばいいかな……」

ぶつぶつ言いながら、誰が担当なのかホーグランド大臣に訊いて、送ってもらおうと考える。

個人的な陳情を受け付けることは、元々は代々の王妃や王族の伴侶がしていた役割だ。だが、前の王妃は長く前王と別居したあとで亡くなり、次の王妃となった母は慈善活動には興味がなかった。更に、新王となった兄の伴侶は異国から来た神官で、同じ国から来た従兄の伴侶もこの国のことをまだよくは知らない。

そのため、ユリアンが成長するまでの間は、ホーグランド大臣が忙しい合間を縫ってできる限りこういった陳情に対応していたようだけれど、何年か前にそのことに気づき、手伝わせてもらうことにした。返事を受け取った者から話が広がったようで、今では城宛てではなく、ユリアン宛に来る手紙も多い。

頼み事の内容は、ユリアン自身が直接手紙を書いたり、少し寄付をする程度で済むこともあれば、兄や従兄の耳に入れるべき重い事案のときもある。今の手紙のように、街の役人で対処できることならその上官に手紙を書けばいいけれど、そう簡単な話ではないことも多い。

まだ議会に参加できる年齢ではないユリアンに、特別な力は何もない。しかし、たかが手紙一通とはいえ、『王族の印を捺した直筆の手紙』というものは、時に強力な効果を発揮することがある。ユリアンが送った手紙を見せて、『王弟から手紙が来た、いつか王の耳に入るかもしれない』という危機感だけでも、滞っていた事案が円滑に動いたり、解決に向かうこともあるのだ。

もちろん、せいいっぱいあちこちに働きかけても、何の役にも立てなくて落ち込むこともある。けれど、もし手紙一通で少しでも誰かを助けられることがあるなら、してあげたい――せめても、本来この役目を担うはずだった母の代わりに。

書き終えると、あとで使用人に頼んで届けてもらうために分けておく。

（レオンハルト兄様とクラウス兄様のところには、あとで持っていってもらおう……）

彼らのことを考えながら、手紙に封をする。兄も従兄も、ユリアンが届いた手紙に関して相談を持ちかけると、どんなに忙しくとも目を通し、真摯に対応してくれる。

ユリアンは同じ城で育ってきた兄二人と従兄が大好きだ。三人ともそれぞれ性格や得意分野は異なるけれど、皆頭が良く、高貴な生まれながら決して驕ったところがない。本当は置いていったほうがずっと楽しめるだろうに、一番年下で、一緒に行動しても足手まといになりがちなユリアンにもたびたび声をかけて、狩りや遠乗りに連れていってくれる。ユリアンは何でもできる兄たちを尊敬しつつ、彼らの背中を必死に追いかけ続けてきたのだ。

彼らも、まさか自分たちの結婚によって王太后が唐突に野心を膨らませ、ユリアンに結婚と跡継ぎ作りを強要し始めるなどとは夢にも思っていなかったはずだ。

(レオンハルト兄様も、クラウス兄様も、ルーファス兄様だって、何も悪くない)

願いとは違う将来を思って落ち込んでしまいそうなときは、自分に言い聞かせる。

――ただ、最後に生まれた自分は、少しばかり運が悪かっただけなのだ、と。


午後になり、アデルが美味しい軽食を運んできてくれた。食べ終えると茶を飲み、気を取り直してユリアンは数冊の本を抱えた。

「ユリアン様、今日も図書室ですか？」

「うん。次の授業の先生が来るまでには戻るから」

食器を片付けるアデルに訊かれ、ユリアンは振り返って答える。

「あ、もし窓辺にルルが来たら、机の上の小物入れから木の実かひまわりの種をあげてね」

と頼む。

「承知しました、いってらっしゃいませ……あ！」

なんだろうと思ってアデルが見ている方向に目を向ける。すると、窓辺に薄茶色の丸っこい生き物がいるのが見えて、思わず目を輝かせた。

「ルル！」

慌ててユリアンは本を置くと部屋の奥まで戻り、窓を開けてやる。ルルはすぐ嬉しそうにぴょんと跳んで中に入ってきた。

ルルはふわふわの毛並みをした少し大きめのネズミのような生き物で、時々こうしてユリアンの部屋の窓辺にやってくる。ルルッと可愛い声で鳴くので勝手に『ルル』と呼んでいる。毛は耳だけ黒いのが特徴的で、尻尾が長く、くりっとしたつぶらな目をしているのがとても愛らしい。

おそらく、城の周囲を囲む森に棲んでいるのだろう、人懐っこく、呼べばぴょんぴょん飛び跳ねて寄ってくるし、手に乗って甘えてきたりもするので、いつも来るのを楽しみにしている。母が小動物を毛嫌いしているため、部屋で飼うことはできないのが残念だけれど、せめてもと来たら必ず、こうしてエサをやるようにしていた。

木の実とひまわりの種を手のひらに出して差し出すと、ルルは小さな前足でむぎゅっと掴んでもぐもぐ食べ始める。食べながら、耳がぴくぴくしたり、尻尾を嬉しそうにバタつかせたりもする。そばに来たアデルと並んで、ルルの可愛さにうっとりしながらその様子を眺めた。

「最近、なかなか会えないね……エサはいつでも用意しているから、毎日来てもいいんだよ？」

木の実を足してやりながら言うと、ルルはユリアンのほうを見上げ、「ルルッ！　ルルルッ！」と、まるで返事をするみたいに鳴いた。ルルは気まぐれで、客がいると姿を見せず、毎日続けて来ることもあれば、一週間や時には一か月くらい来ないこともある。アデルも小動物が大好きだから、来れば忘れずにエサを与えてくれているのに。

何か言いたげに鳴くルルに、「なんと言っているのでしょうね」とアデルは不思議そうだ。ユリアンにもルルの言いたいことはわからない。

（……子供の頃だったら、わかったのかな……）

再びエサを頬張るルルを眺めながら、少し切ない気持ちで思う。今ではルルの声も単なる鳴き声にしか聞こえないけれど、三歳で高熱を出す前まで、ユリアンはすべての動物たちの声を聞くことができていた。城の裏庭を歩けば、野ウサギもネズミも鳥も皆話しかけてくれた。いつも動物たちと楽しそうに話していて、よく小鳥と一緒に歌っていたと乳母から聞かされた。

しかし、その乳母によると、ある日、幼いユリアンが母に鳥たちの可愛い会話の内容を伝えたとき、母は表情を変えたそうだ。

「おろかな妄想をしてはいけません！」と厳しく叱られ、生まれてから一度も怒られたことはなかったユリアンは、聖母のように優しかった母の豹変が恐ろしかった。二度と動物の言葉がわかるなどとは言わない、ときつく約束させられ、その夜からユリアンは高熱を出して寝込み——そうして、目覚めたときには、天才と呼ばれた力も、動物と会話ができる能力までをもすべて失っていたのだ。

高熱のせいか、三歳前までの記憶がほとんど残っていないので、おぼろげにしかそのときのことは覚えていない。けれど、のちに乳母から聞いて、動物たちの声が聞こえなくなった理由が腑に落ちた。

ずっとあとになってから知ったことだが、エスヴァルドの王家には巫女の血が流れていて、動物の声が聞こえる者が生まれることがあったそうだ。言われてみれば、兄や従兄も、愛馬と会話をしているように見えるときがある。

（僕の力は、もう消えちゃったけど……）

幼いユリアンの言葉に母が激怒した理由はおそらく、その特別な力が異端として白眼視されないように、王家の外の者には秘密にされているためだ。だから、何も考えずにそのことを話した幼いユリアンを怒り飛ばし、誰にも言わないようにと厳しく口止めしたのだろう

――まさか、叱りすぎたことで、息子が持っていたあらゆる優れた能力までなくしてしまうとは、想像もしていなかっただろうけれど。

頬をぷっくりと膨らませて美味しそうに食事をするルルをアデルとともに眺める。満足して感謝を伝えるように鳴いて、また窓から出ていくまん丸の姿を名残惜しく見送った。

もうあまり時間がないことに気づき、ユリアンは慌てて本を抱える。「お気をつけて」と声をかけてくれるアデルに手を振ると、今度こそ部屋を出た。

図書室への通路を歩きながら、部屋のほうをちらりと振り返る。

今、主にユリアンの側仕えとして働いてくれているのは、アデルともう一人、数年前に引退した高齢の使用人と交代でついたヨラントという青年だ。子爵家の末子で物静かな性格の彼は、ユリアンの部屋をいつも隅々まで綺麗に整えてくれる。

アデルのほうもよく気のつく働き者だが――あるときユリアンは、彼女はどうやら自分の行動を逐一報告するよう母から頼まれているようだと気づいた。

とはいえ、彼女は任された仕事をしているだけだ。自分が伝えられて困るような行動を避け、どうしても母に知られたくないときは、アデルの目から隠せばいいだけだからと、ユリアンは割り切って日々を過ごしていた。

王城の図書室があるのは広大な城の中でも比較的端のほうで、王族それぞれの部屋がある城の本棟からはかなり距離がある。次の授業の教師が来る時間まであまり余裕がなく、焦りを感じて人けがないところでは小走りで進む。

昼食後、午後の授業までの間に、ユリアンはよくこうして図書室に向かう。

特に今日は、一週間の中でも特別な日だ。

若手貴族たちの会合で城に来ると、セルジオは空き時間に図書室を訪れることが多い。

ユリアンも図書室にはたびたび足を運んでいるので、偶然そこで彼と会い、彼が本好きだと知ったときは歓喜した。しかし、セルジオが参加する会合はいつ終わるかが決まっているわけではない。しかも、終了すれば、彼は兄たちとともに昼食をとる。そのため、図書室で張り込んでいても会えるときばかりではないのだが、幸運なことに二度に一度は会えている。

だから運が良ければ、今日はもう一度、彼に会えるかもしれない。

滅多に来ないこの貴重な日を逃してはならないと、ユリアンは必死だった。

ここに来るために、機嫌を損ねて長い説教が始まらないようにと、ちょっとだけ話の繰り返しの多い教師の授業も大人しく聞いたのだ。朝のように、塔の物陰から覗くだけではなく、彼の顔を近くで見られれば、このあとの一週間もなんとか頑張れる気がする。

（どうか、セルジオがいますように……）

心の中で祈りながら扉に手を伸ばす。すると、開けようと取っ手を握った瞬間、扉が開いた。

「わっ……!?」

取っ手を掴んだまま、内側に向かって大きく開いた扉に引っ張られ、ユリアンは扉に頭をぶつけそうになる。その勢いで、手に抱えていた本が一冊、バサッと音を立てて床に落ちた。

「――ユリアン様、申し訳ありません！」

すぐに扉から顔を出して謝罪してきたのは、なんと会いたいと強く願っていたセルジオその人ではないか。朝、剣の打ち合いをしていたときとは異なり、きちんと上着を着込み、ボタンを襟元まで締めている。

「セ、セルジオ……大丈夫です。僕のほうこそすみません」

慌てて言い、その場に膝を突こうとしていた彼を立たせる。本当に大丈夫なのかというようにユリアンを見たあと、こくこく頷くのを確認してから、彼は床に落ちた本を拾ってくれる。

手で汚れを払ってから丁重な手つきで本を渡され、礼を言ってユリアンはそれを受け取った。

「『古代王家の隆盛と衰退』ですか。難しい本をお読みになられるのですね」

本のタイトルを目にした彼に微笑んでそう言われ、ユリアンは赤面する。

「歴史の先生に薦められて手に取ったのですが、とても興味深かったです。我が国の歴史に通じるところもあって……」

セルジオはユリアンのたどたどしい説明を聞き、「面白そうな内容ですね。今度私も読んでみたいと思います」とまで言ってくれた。

腕に抱えている他の二冊は、人気の宮廷ロマンスものと各国の神話を収録した恋物語だったので、落としたのがこちらでなくて良かったと心底ホッとした。

「もう帰られるのですか？」

図書室を出るところだった彼を引き留めてしまっただろうかと心配になって訊ねると、セルジオはいいえとそれを否定した。

「実は、ルイーザにも本を借りてきてほしいと頼まれていたことを思い出しまして。希望の本について従者にメモを渡しておいたと言われていたのに、受け取ってくるのを失念していました。今、そのメモを取りに行こうとしていたところなのです」

「そうでしたか」

彼がまだ帰るわけではないと聞いて、ユリアンは内心で胸を撫で下ろす。

ルイーザはセルジオの妹で、ユリアンと同い年の幼馴染みだ。王家に近いダルザス家の令嬢として、何度か祝い事で城に来たときに顔を合わせ、偶然読書という趣味が同じで、意気投合して仲良くなった。

幼い頃からセルジオに憧れを抱いていたユリアンは、少しでも彼のことを知りたくて、そしてルイーザのほうは、立派な自分の家よりも更に豪華な王城に興味津々だった。そのため、彼女はユリアンをだしにして時々城を探検しに来るようになったのだ。特に用がなくともたびたびお茶を飲みにやってくるので、もしかしたらセルジオよりよく顔を合わせているかもしれない。

しかし、友人になって初めてわかったのだが、ルイーザが兄に似ているのは艶やかな髪と瞳の色だけだった。落ち着いた雰囲気をした兄に比べると、妹のほうは明るくて社交的な性格で、しかもかなりのお転婆だ。いつも堂々としていて、王族のユリアンに対してもみじんも臆することはない。

(良かった……いつも通りだ……)

ユリアンはこれまでと変わらないセルジオの様子に安堵していた。

彼のユリアンに対する態度には、少しも嫌悪を感じさせるところはない。朝、兄たちが裏庭を去る間際、セルジオが塔のほうに目を向けたように思えたけれど、どうやらユリアンがそこにいたことは気づかれていないようだ。

ホッとすると、ふと先ほどの彼の言葉に、思い出すことがあった。

「あ……そういえば、先週ルイーザが城に来たとき、一緒にここにも来たんです。読みたがるとしたら、あのとき借りていった本の続きかも……」

何げなく言うと、なぜか、ほんのわずかにセルジオの顔が曇ったように見えた。

だが、すぐに彼はその陰りを消し去り、いつも通りの穏やかな表情に戻る。

「で、でも、違う本かもしれません」

ユリアンは慌てて訂正したが、セルジオはゆっくりと首を横に振った。

「いえ、『続きもので、二巻から四巻までを』と頼まれたので、おそらくその本でしょう。どうしても気になって読みたいけれど、家庭教師からの課題が終わっていなくて、母の許可が下りず、外出できないと嘆いていましたから」

セルジオの父であるダルザス家の当主はすでに亡くなり、ベネデットという名の長男が家を継いでいる。父親は最初の夫人を早くに亡くして後妻を迎えていたため、セルジオたち兄弟とルイーザは腹違いの兄妹で、関係としては、レオンハルトとユリアンたち王家の兄弟と同じだ。

「メモを取りに行かなくて済んで助かります。ユリアン様のご用がお済みになってからで構いませんので、よろしければ、ルイーザが読みたがっていた本がどれかを教えていただけますか？」

「もちろんです」

彼の役に立てるとわかって、ユリアンはパッと顔を輝かせた。嬉々として、自分が目当てにしてきた本より先に、まっすぐに思い当たる棚へと向かう。

王城の図書室は、昔、王族のとある一家が広間として使っていた部屋だという。国内に一冊しかないなど、特に貴重な書物だけは鍵のかかった小部屋に収められているけれど、それ以外の本はすべて城を訪れた者が自由に読むことができる。国内外に流通している本という本が集められる限り収集されていて、窓と扉以外の壁は全部が本棚だ。壁以外の場所にも、ユリアンの背丈よりも高い本棚がずらりと並んでいる。

こっちです、とセルジオを導き、小走りで最奥の壁際にある螺旋階段で繋がった二階に上る。二階も同じように本でいっぱいだ。

「——たぶん、この本だと思います」

爪先立って手を伸ばし、上から二番目の棚にある本の中からどうにか二巻を取る。室内には梯子も用意されているのだが、ユリアンの身長だとそれを使わずに取れるかどうかぎりぎりのところだ。

六冊並んだシリーズの本は、一巻が抜けている。今ルイーザが借りているからだ。

続きの三巻と四巻を取ろうとすると、「私が取りましょう」と言って、背後に立った彼が素早く手を出して取ってくれようとする。

彼がすぐ背後に立つと、ほんのかすかな香水の匂いがして、どきっと胸の鼓動が跳ねた。剣の打ち合いで汗をかいたあと、身だしなみとしてつけているのだろう。自分よりも頭一つ分背が高い彼は背伸びをする必要もなく、大きな手でたやすく残りの二冊を取る。ユリアンはそれを羨望の眼差しで眺めた。

「ありがとうございます、助かりました。ルイーザも『続きを読めば勉強もはかどる』と言い張っていたので、きっとこれでやる気を出すことでしょう」

冗談ぽく言われて、思わず笑顔になる。

「だったらいいのですが」

くすくすという二人分のささやかな笑いが響く。

「ユリアン様も、この本をお読みになったのですか？」

「は、はい」

どんな話かと訊かれて、恥ずかしかったが、借金のカタに泣く泣く富豪の人妻になった令嬢と、幼馴染みの騎士との切ない恋物語であることを話した。

面白かったですか、という質問に、「はい、とても」と正直に頷く。

作家の正体はいっさい不明だが、瑞々しい描写には読者を引き込む力があり、貴婦人たちの間でとても人気の連作ものだ。

現在は七巻まで発行されていて、次の本で完結する予定になっている。王城の図書室には真っ先に献上されるからありがたいが、発売日には続きを求めて書店に貴族の使用人たちの行列ができるそうだし、街の人々が愛用する貸本屋のリストでは年単位の待ちが発生していると聞く。

「ルイーザは時間を忘れて読んだそうで、僕もいつも読みふけってしまいます。続きをすごく楽しみにしているんです」

そう説明すると、「では、ルイーザのあとで私も読んでみることにしましょう」と、彼が真面目な顔で言うから驚いた。

逞しい軍人のセルジオが切なく甘い恋物語を読むところが想像できない。思わず目を瞬かせたが、好きな人と同じ本の世界を共有できると思うと、素直に嬉しくなった。

「ぜ、ぜひ読んでみてください！　あの、よろしければ、感想も聞かせてもらえたら嬉しいです」と言ってユリアンは笑顔になった。

わかりました、と微笑を浮かべてセルジオは頷いてくれる。

本の話が終わると、ふいに会話が途切れた。二人以外誰もいない図書室の二階に沈黙が落ちる。話題を探して焦っていたユリアンは、ふとセルジオが何か言いたげな顔をしているのに気づいた。

「……妹は、たびたび城に足を運び、ユリアン様の元をお訪ねしているようですが……お邪魔をしてはいませんか？」

そう訊かれて、内心でユリアンはぎくっとした。

ルイーザが気の合う友人であるというのはもちろん嘘ではない。だが、ここのところ、彼女がこれまで以上に頻繁に城にやってくるのには、実は別の理由があった。

——彼女はとある人物に想いを寄せている。しかし、たった一度、この城で会っただけで、そのときは名前も所属も訊ねることができなかったらしい。だから、ユリアンをだしにしてまめに城にやってきては、意中の彼に再会するため遭遇のチャンスを窺っているのだ。

ユリアンも、想い人の特徴や、絵描きに描いてもらったという人相書きを見せてもらったが、思い当たる人物はいなかった。仮にも王族の一員で、この城に住んでいる身なので、相手が誰だかわかりさえすれば、呼び出したり仲介したりとできることはいくらでも協力してあげられるのに。

しかし、その淡い恋の話は、兄であるセルジオにはもちろん内緒だ。もし、勝手に伝えたりでもしたら、ルイーザとの長年の友情に深い亀裂が入るのは間違いないだろう。

「ええと……邪魔だなんてことはありません。ルイーザが来てくれて、僕も嬉しく思っていますから」

事実を悟られないように気をつけると、やけにぎこちない答えになってしまう。

怪しかったのか、「そうですか……」と呟くように言って、セルジオは黙り込んだ。

図書室で運良く会えたとしても、こんなふうにゆっくりと会話ができる機会は少ない。律儀な彼が、退室時にユリアンのところまで挨拶をしに来てくれる程度だ。

だが今日は、ルイーザが彼に本を借りてくるよう頼んでくれたおかげで、こんなにたくさんセルジオと話せた。ユリアンはもう天にも昇る心地だった。

しばしの間、別れてそれぞれ目当ての本棚を漁る。

読み終えた本を元の棚に返し、今日、歴史の教師から聞いた大陸の地質についてが気にかかり、地質学の本を棚から抜いた。それから、先ほど返したのと同じ作者が書いた別の宮廷ロマンスものを手に取る。窓際に据えられた座り心地のいい椅子に腰を下ろし、ユリアンはぱらぱらとページを捲った。

そうしながら時折、気づかれないように、本棚の前に立っているセルジオのほうに目を向ける。

長躯の彼は、一番高い棚でも手を伸ばせば届くようだ。何冊か手に取ったあと、一冊に絞ったようで、ルイーザが希望した本とまとめて持つと、こちらにやってきた。

「ユリアン様、今日は貴重なお時間を使わせてしまい、申し訳ありませんでした」

「いえ、お話できて、嬉しかったです」

はにかみながらも正直な気持ちを伝えると、彼の切れ長の目が、じっとユリアンを見つめる。

くっきりとした眉に、碧色の瞳。濁りのない澄んだ目の色は、いつしかユリアンが一番好きな色になっていた。

(よかったら今度、僕の部屋にお茶を飲みに来てくださいって、今なら誘えるかな……?)

貴族の家柄の彼より、日は当たらずとも、王太子である自分のほうが身分は上になる。とはいえ、ユリアンが将来的に王位につく可能性は限りなく低い。そんな自分と個人的な関わりを持ったところで、いいことなど何もないだろう。むしろ、『役立たずの第三王子』からお招きを受けたと、周囲から揶揄されてしまうかもしれない。

それでも、もし王太子に招かれれば、たとえ本音では迷惑だったとしても断り辛くなってしまう――セルジオは礼儀正しくて優しい人だからなおさらだ。

悩んだけれど、少しでもいいからセルジオとの時間を持ちたくて、気乗りしなかったとき、彼が断りやすいような誘い文句を必死で考える。

——誰にはばかることなく好きな人に声をかけられるのは、次の誕生日が来るまでの間だけだから。

「あの……セルジオ」

思い切って口を開く。

見上げると、彼はなんでしょうというように口元に笑みを浮かべ、耳を傾けてくれる。勇気を振り絞ってユリアンは続けた。

「城の料理人が作るお菓子は絶品なんです。なので、よかったら……今度、僕の部屋にお茶を飲みにいらしてください……その、ルイーザと一緒にでも」

考えた末に、ユリアンはルイーザの名を出すことにした。

セルジオが好きだと打ち明けたわけではなかったが、ことあるごとに彼の話をしてしまったので、ユリアンが長年の間密かな片想いをしていることは彼女にはすっかりばれてしまっている。そのおかげで、今では兄についての新しい情報があれば、訊かずとも逐一教えてくれるようになった。だから彼女はきっと、兄と一緒に来たとしても、いい具合に席を外してくれるように二人きりで話せる時間を作ってくれるはずだ。

なかなか自然に誘えた気がしてホッとしていたが、気づくと、なぜかセルジオは固まっていた。

「あの……どうかしましたか？」

ハッとしたように瞬いた彼は「すみません」と小さく言うと「ぜひとも伺わせてください……妹と、一緒に」とぎこちなく言って微笑み、丁寧に頭を下げた。

では失礼します、と言い置き、彼は図書室を出ていく。

さっきまではいい雰囲気で話せていた。せいいっぱいの誘いも受けてもらえたけれど、快く応じてくれたはずのセルジオは、どこか嬉しそうではなかったように見えた。

（——やっぱり、僕からお茶に誘われたら、迷惑だったのかな……）

ユリアンは、がっしりとした逞しい背中が扉の向こうに消えるのを、切ない気持ちで見送った。

＊

――ユリアンが運命の人と出会ったのは、まだ三歳のときだった。

幼いユリアンが病の床から奇跡的に生還したあと、母は息子を元に戻すことに躍起になった。わけがわからないまま自分も頑張ったつもりだったけれど、母はユリアンが何をしても泣くばかりだった。

息子にあったはずの天賦の才が高熱とともに失われ、平凡以下の不出来な子供になったことを、彼女はどうしても受け入れられなかったようだ。

当時国王だった父も、最初のうちは末の王子の見舞いに来ていたようだが、父のことも忘れた息子と、そのせいで半狂乱の第二夫人を厭い、訪れはすぐに遠のいてしまったらしい。

そんな日々の中、大きな転機となったのが、当時第一王子だった兄レオンハルトの十歳の誕生日祝いの席だった。

エスヴァルドの王族は、十の年を区切りとして誕生日を盛大に祝う慣習がある。城の大広間に王族が集まり、多くの貴族たちが招待される。城には山のような贈り物が届き、豪華な料理と酒が振る舞われ、王国の繁栄と王族の成長を祝うのだ。

その席にはもちろん、第二夫人だったクローディアとその息子のユリアンたちも参加することになっていた。

「きちんと一人でお歩きなさい。ぜったいに皆の前で転んでは駄目よ」

いいわね？と怖い顔をした母にきつく言い含められて、小さなユリアンは必死で頷いた。

本来なら、まだ三歳の王子が入場する際は世話係が手を引いたり抱っこして歩いたりすることのほうが多い。病み上がりの身であれば尚更だ。

しかし当時から母は、王妃にも彼女が生んだ第一王子にも、猛烈な対抗意識を持っていた。すでに第三王子が病から回復したという知らせは人々の耳にも届いている。おそらく母は、国王や王妃の前を歩くことで、ユリアンがすっかり元通りに回復したのだと人々に思い込ませたかったのだろう。

その頃の母はよく、『あなたのせいでお父様に見捨てられてしまった』とユリアンの前で泣き喚いた。ユリアンは自分を責め、お母様ごめんなさいと泣きながら、日々、小さな胸を痛めていた。だから、毎日のように通路をまっすぐに歩き、お辞儀をして椅子に座るまでの練習をさせられても、歯を食いしばって頑張った。決して失敗せず、ちゃんと歩くと宣言もした。ユリアンこそが、母に以前のような笑顔に戻ってもらいたかったのだ。

――しかし。大広間への入場の際、小さな体にまだ慣れない正装を着せられたユリアンは、よりによって当日に思い切り転んでしまった。

王族が入場し始め、最初に国王が姿を現す。次に王妃とその日の主役の第一王子、そして第二夫人の母、第二王子の兄が続く。更にそのあとを、ユリアンはおぼつかない足取りでよちよちと必死に歩いて続いた。

だが、前日まで何度も繰り返し練習させられたことが裏目に出た。極度の緊張と疲労で足がもつれて転び、そばに座っていた招待客の足元に頭から突っ込んでしまったのだ。

大広間内はざわめき、状況に気づいた母は、その場で卒倒したそうだ。

『ぜったいに泣いてはいけません』とも約束させられていたので、ユリアンは零れそうになる涙をぐっと堪えた。これ以上失態を重ねて、母に叱られ、また『あなたのせいで』と泣かれることが、怖くてたまらなかったのだ。

ぶるぶるしながら必死に自力で立とうとしたとき、すぐそばにあった脚の主が、素早くその場に跪いた。

ユリアンの前に手を差し伸べてくれたのは、当時まだ十四歳の少年だったセルジオだ。

澄んだ碧色の目をした彼は、幼いユリアンに最大限の礼儀を払った上で、優しく声をかけてくれた。

「――ユリアン殿下。僭越ながら、このダルザス家のセルジオに、お手を引いて歩く栄誉を与えてはくださいませんでしょうか？」

「……ゆ、ゆるしまちゅ！」

いつも『大きな声ではっきりお答えなさい』と母からきつく言い含められていた。だが、ユリアンが回らない舌でせいいっぱいの返事をすると、客たちからはなぜかどっと笑い声が溢れた。

しかし、セルジオは少しも笑わずに丁重に礼を言い、ユリアンの手を引いてゆっくりと立たせてくれた。それから、小さな膝や足元についた汚れをそっと払うと、恭しく手を引いて王族の席まで一緒に歩いて連れていってくれた。座るべき位置に座り、ホッとしたユリアンに「頑張りましたね」と小声で褒め言葉をくれてから、静かに自分の席へと戻っていく彼に、さざ波のような拍手が湧き起こった。

あの日の出来事は、十四年経った今でも、昨日のことのように鮮やかに思い出せる。

とっさに機転を利かせ、手を差し伸べてくれた彼のおかげで、ユリアンはどうにか逃げたり泣いたりせずに兄の誕生日祝いの席につくことができた。もちろん母にはあとで散々叱られたけれど、セルジオがくれた優しい褒め言葉のおかげで、必要以上に落ち込まずに済んだ。

――その日以来、ユリアンは恩人のセルジオにすっかり懐いてしまった。

世話係に頼んで、彼が友人であるレオンハルトやクラウスに呼ばれて城に来るたびに、彼らが遊んでいる場所が見える通路に連れていってもらった。ユリアンに気づくと、兄はちゃ

んとこちらを見て頷いてくれるし、クラウスもそっと手を振って微笑んでくれる。嬉しかったけれど、ユリアンの一番のお目当てはセルジオだ。一生懸命に小さな手をぶんぶん振ると、彼は必ず照れたような優しい笑みを向けてくれる。それだけで、ユリアンは胸がいっぱいになった。

少しでもいいからセルジオに会いたくて、一言でもいいから言葉を交わせたらと、幼いユリアンはそれだけを心待ちにして日々を過ごした。

セルジオが王立軍の一員となる入隊式の日は、かなり前から予定を入れないようにと世話係に頼んでおいたし、彼が参加する剣技大会の日には欠かさず見に行き、密かな声援を送った。

がっしりとした長身に精悍な顔立ち、ふとこちらに向けてくれる、照れたような笑顔。落ち着いた穏やかな性格の彼は、ひとたび剣を手にすれば、獰猛な目つきをして次々と対戦者を倒して勝ち抜いていく。幼いユリアンの目に、そんなセルジオはどこもかしこもきらきらして見えた。

十歳になる頃には、ユリアンも兄たちと同じように剣や乗馬の稽古を始めた。兄たちやセルジオのように華麗に馬を操り、剣を振るえるようになると思い込んでいたが、いざ教師についてやってみると、まったく思い通りにはいかない。

馬の背からは何度も落ちるし、剣は重くて、無理に振り回せば手からすっぽ抜けて飛んでいってしまう。

教師から壊滅的な状況を伝えられた母は、「これでは王家の一員として面目が立たないわ！」とまた泣き喚き、ユリアンを落ち込ませた。

さすがに軍に入ることは諦めたけれど、最低限、馬には乗れるようになる必要がある。狩りは貴族の嗜みだし、弓や剣が使えない者など主要王族には一人もいないからだ。

裏庭や馬場で教師について必死に特訓をしていると、兄や従兄が来てよくコツを教えてくれた。だが、王家の子息である彼らはそれぞれ家庭教師がいて忙しい。

そんな彼らが来られないときに、「代わりの者を頼んでおいたよ」と言われ、稽古をみてくれたのは、なんとセルジオだった。

教師も匙を投げたユリアンに、彼は根気よく付き合ってくれた。どうしようもないほど不器用だけれど、ユリアンには諦めないだけの根性があった。しかも、教師役は憧れのセルジオなのだ。これ以上恥ずかしいところは見せられないと全力で取り組んだ。

「できるようになるまでお付き合いします」と言って、彼はユリアンが落馬せず、どうにか思い通りに馬を操れるようになるまで、徹底的に特訓してくれた。

「大丈夫です、次は必ずできますよ」「今のはとても良かったです」「よく頑張りましたね」

彼がくれる思い遣りに満ちた言葉は、失敗することに怯え、竦んでいるユリアンの背中を優しく後押ししてくれた。その手に導かれると、まるで魔法にかけられたかのように乗馬も剣の腕前も少しずつ上達していった。ユリアンは彼のおかげで王族失格の烙印を押されずに済み、教師と母をも安堵させた。

優しげな少年だったセルジオは、やがて強面で屈強な体格の男に成長していった。

軍人となった彼が、自分付きの警護になってくれたらと密かに願っていたが、セルジオはクラウスの隊に配属されることが決まった。残念だったが、すぐに側近として引き立てられ、王立軍所属の軍人として華々しく歩み始めた彼を、勝手に誇らしく思っていた。

それからも、顔を合わせるたび、彼はいつも笑みを浮かべ、誰にするよりも優しくユリアンに接してくれる――出会ったあの日、大広間で転んだ自分を助けてくれたときと同じように。

（……セルジオは僕の恩人で、救世主だ……）

幼い日に、衆目の中で窮地を救ってくれただけではなく、不器用な自分が人並みに馬と剣を扱えるまで導いてくれた。美しく強く、しかも優しいセルジオは、ユリアンにとって、眩しいほどの輝きを放ち続ける憧れの存在だ。

――兄たちは皆、自分が選んだ愛する者と結ばれて幸せになった。

そんな中で、今ユリアンが抱く望みは、ただ一つだけだ。

もし、母が奇跡的に自由な相手との結婚を許してくれたとしても、セルジオが自分を選んでくれるわけはない。

だから、許される限りの間、憧れの存在である彼を見つめていたい。

その間に、少しでもいいから彼のことをもっと知りたい。一言でも多く言葉を交わして、できることなら笑顔が見たい。

十八歳になったら、セルジオへの想いを断ち切らなければならない。

――自分に残された自由な時間は、あとわずかだけだから。

＊

王城では週に数回、晩餐の間に城に住まう王族が集まり、皆で夕食をとる習慣がある。

レオンハルトやクラウスは政務と軍の仕事で忙しくしているので、一週間のうち、この場でしか顔を見ないこともよくある。全員が揃う日は稀だが、今夜は珍しく前国王以外の皆が顔を揃えていた。

テーブルクロスがかけられた十人ほどが座れる横長のテーブルには、端の席に国王レオンハルト、斜め横の席に王妃のナザリオがつく。

更に、ナザリオの向かい側にはクラウス、隣に彼の伴侶のティモが座っている。

レオンハルトの向かい側は前王ルードルフの席だが、体を悪くしてから父は食事を部屋で取っていて、常に空席だ。その斜め横の席が王太后クローディア、そして、母の向かい側がユリアンの席だ。

重厚な作りのテーブルの上を、いくつも灯された燭台の明かりが照らし出している。

磨き上げられた銀食器が並び、そこへ料理番が腕によりをかけて作った料理が何人もの使用人の手で運ばれてくる。広大で豊かな土地を持つエスヴァルドはその多くが穀倉地帯で、地から与えられた様々な実りに恵まれている。晩餐の席には、国中から集められた食材を存分に使った料理が並ぶ。

誰かのグラスが空くたび、よく気のつく使用人たちの手でワインや水が注がれる。

料理はいつもほっぺたが落ちそうなほど美味しいけれど、母と食事をとらねばならないこの時間は、ユリアンにとって苦行だった。

レオンハルトたちは料理の感想や雑談を交わしながら食べているようだが、母とユリアンの間にはほとんど会話がない。

時折、クラウスがこちらにも話を振ってくれるのだが、ユリアンは厳しい母の目の前で失敗しないようにと、受け答えがぎこちなくなってしまう。母は儀礼的に微笑んだりする程度だし、さっぱり話が続かないのが申し訳なかった。

（お母様は、美味しいと思って食べていらっしゃるのかな……）

気づかれないようにちらりと母を見て、不思議に思う。クローディアはナイフとフォークを使って優雅に食事をしている。子供の頃から母はこんな感じで黙々と無表情のまま食べる。美味しいともまずいとも言わないけれど、傍からは美味しそうに見えない。

ここ数日は、部屋への来襲もなく、こうして母と顔を合わせるのは三日ぶりだ。

（……父上とは、楽しく食事をしたこともあったんだろうか……）

前王ルードルフは、民からは国に豊かさをもたらした王だと称えられている。しかし、その実、父は女性関係が非常に派手で、若い頃は相当あちこちに手を出し、多くの使用人や貴夫人たちと浮名を流していたそうだ。

正式に娶った妃は二人だけだが、母が子を二人産み、ユリアンが病に伏せた少しあとから、父は母に興味を失ってしまった。

その後、病で体を壊したせいか一気に老け込み、女遊びもやめたそうだけれど、かなり体調が回復してきたと聞く最近でも、母との関係は冷え切ったままだ。

もちろん住まいは別だし、式典などで顔を合わせても、ほぼ会話もない。そんな両親の姿を見ていると、ひとときであっても二人が仲睦まじく想い合ったことはあったのだろうかと、ユリアンは疑問に思ってしまう。

以前、大臣から聞いた話では、若き日の父は麗しい美貌の青年で、貴族の娘たちは一夜でもいいから彼の寵愛を受けることを望んでいたほどだったそうだ。可憐な美しい令嬢だった母も、一目見た父に想いを寄せた。その後催された王城の晩餐会で偶然見初められて恋が叶い、王城に迎え入れられたらしい。

けれど、そんな幸せなおとぎ話のような恋の結果はどうだろう。授かった子のうちの一人は母を恐れて城から逃げ出した。残ったユリアンは母に縛りつけられ、必死でもがいている。幸せになったはずの母は、父の歓心を失い、時を止めたような美貌のまま、息子たちを苦しめる魔女みたいになってしまった。

父と母の恋物語が、めでたしめでたしで平和に終わる話なら良かった。どちらに多く非があったのかは誰にもわからないけれど、まだ若かった母は本気で父を愛し、父のほうは条件の合う令嬢を妃の一人として迎え入れただけだったのかもしれない。

（……大切にできないのなら、お母様と結婚しなければよかったのに……）

そうしたら自分たちは生まれていないわけだが、とユリアンは自虐的に思う。

食器が片付けられ、食後のデザートが運ばれてくる。気詰まりな食事もそろそろ終わりだと思うとホッとした。

ガラスの器に綺麗に盛られた果物の砂糖漬けを味わう。甘いものに癒やされていると、レオンハルトがこちらに声をかけてきた。

「——皆、継母上とユリアンも聞いてくれ」

テーブルについている者たちがレオンハルトの言葉に耳を傾ける。彼は皆を一度見回すと、口を開いた。

「今日の午後にサビーナから使者が来て、国王陛下が死去されたという知らせを受けた」

（サビーナの国王陛下が……）

晩餐の席についた者たちが悼む表情を浮かべる。

サビーナ国はエスヴァルドの東側に接する隣国で、大陸南東の沿岸部に位置している。古くは海賊が発祥だという民は明るく豪気な気質で、海でとれる様々な珍しい魚や貝、真珠などが特産らしい。国土はこの国の半分程度だが、気候が温暖で暮らしやすい国だと聞く。

「葬儀には、すでに大臣を使者として向かわせた。王家には姉妹しかいないため、次期王位は長女であるアデリナ王女殿下が継ぐことになるそうだ。戴冠式は来月行われるので、我が王家からも式に参列する使者を立てる必要がある」

そこまで言ったところで、ふとユリアンは兄と目が合った。

「ユリアン。よかったら王太子として、お前が行ってくれないか」

「え……」

レオンハルトから打診され、まったく予想もしていなかったユリアンはぽかんとした。口元を手で押さえた母も、珍しく驚いた顔をしている。

「は、はい、僕でよければ、ぜひ行かせてください……！」

慌てて返事をすると、そうか、と言ってレオンハルトがかすかに頬を緩めた。すでにこの話を聞かされていたのだろう、クラウスもこちらを見て微笑んでいる。

ユリアンが未成年のためか、レオンハルトは改めて母にも許可をとってくれた。「息子に大役を任せてくださり、光栄です」と彼女は澄ました顔で微笑む。母としても、今回息子に任された役目は満更でもないということだろう。

ナザリオとティモも、今回の抜擢を応援してくれているようだ。天使みたいに綺麗な二人がこちらを見てにこにこしているのに、ユリアンは勇気づけられた。

これは、自分にとって初の外交任務だ。

最初に戴冠式の話を聞いたときは、他の大臣か、クラウス兄様あたりが向かうのかなとぼんやり思っていたが、まさか兄が自分に任せてくれるとは思わなかった。

兄は無骨に見えて、とても優しい人だ。

気難しい継母の生んだ腹違いの弟など、自らが王位についたあとは冷遇してもおかしくはない。それでも彼は、足手まといになるとわかり切っている弟の存在を忘れずにいてくれる。剣や弓を教えてくれるときも、クラウスはひたすら優しく、セルジオは根気強く、そして淡々とした兄には、音を上げて半泣きになるまで扱かれた。だが兄は、たよりない弟のためを思って、あえて厳しく鍛えてくれたのだと思う。

愛想笑いなどはせず、誰に対してもはっきりと物を言うレオンハルトが、なぜ軍の部下たちから深い信頼と大きな支持を集めているのかがよくわかる。ユリアンも、この兄の名を汚すことのない行動をせねばと強く思った。

（サビーナの戴冠式に参列したら、失敗しないようにしっかりと務めなきゃ……）

レオンハルトの話によると、戴冠式は約一か月後に行われる。式の数日前には到着している必要があるか
サビーナまでは馬車で片道十日ほどの距離だ。式の数日前には到着している必要があるから、二週間後には出発しなくてはならない。

大まかな予定を話したあと、レオンハルトはユリアンを見た。

「サビーナに向かう隊を組ませるが、警護の者について誰か希望はあるか？」

そう問われて、ユリアンの脳裏に一人の男の姿が浮かんだ。

（セルジオがいい……って頼んじゃ、駄目かな……？）

「もし特に希望がないようなら、俺の隊からリカルドを含めて何人か、儀式慣れしていて気の回る者をつけてもいいと考えているんだが」

国王の近衛隊から、兄自身の側近で軍の幹部でもあるリカルドをつけてくれるのは、かなりの厚遇だ。

せっかく兄がそう言ってくれたのに、自らの希望を申し出ていいものかと悩む。ユリアンが躊躇っていると、クラウスが口を挟んだ。

「いや、ならば私の隊からセルジオとその部下たちを出すよ」

何げない様子で言い出した彼に、ユリアンは目を瞠った。

「もちろんリカルドも有能だけれど、セルジオならユリアンとは昔から知り合いだし、気心

も知れている。何せ初めての外交だから、旅の間も何かと相談できる相手がいたほうが心強いだろうし。——どうだいユリアン？」

「う、うん！」

パッと顔を輝かせてから「よかったらセルジオにお願いしたいです」と頼む。それから急いでレオンハルトに目を向け、「レオンハルト兄様もありがとう」と礼を言う。

「わかった。では隊の指揮はセルジオに頼むことにしよう」

レオンハルトは特に気を悪くした様子もなくそう言ってくれて、ユリアンはホッとした。

「その他の者の編成についてはクラウスに任せる。付き添う使用人は二名くらいいればじゅうぶんだろう。式典への参加も含めて往復一か月弱の旅になる。体に気をつけて、任務を果たしてきてくれ」

はい、と神妙な顔で頷きながら、ユリアンは心の中で舞い上がっていた。

（ど、どうしよう……セルジオに同行してもらえるなんて……！）

しかも、彼と一か月近く一緒にいられるのだ。きっと、会話できる機会もたまに図書館で会えるときとは比べものにならないほどたくさんあるだろう。跳び上がりたいくらいの気持ちをどうにか胸の中に抑え込む。

気遣ってくれたクラウスを感謝の気持ちを込めて見ると、気づいた彼は微笑んでくれる。

優しい従兄のおかげで、重責を感じていた外交に大きな楽しみが加わった。

しかし、天にも昇る心地だったユリアンは、母の言葉で一気に落下した。

「……サビーナ国のアデリナ王女殿下には、妹ぎみがいらっしゃったわね」

さりげない様子で呟かれた言葉に、ユリアンはぎくっとした。

「つい先頃、陛下の戴冠式にもいらしていた……そう、ラウラ王女殿下だわ。ちょうど年の頃も合うし、ユリアンのお相手にぴったりではないかしら?」

「は、母上……ですが」

確かに、サビーナ国の次女であるラウラ王女は、ユリアンと同い年だ。少し濃い色の肌に長い黒髪をした美少女で、レオンハルトの戴冠式には王女たちは姉妹で訪れ、挨拶を交わした覚えもある。

だがまさか、兄たちも揃った晩餐の席で見合いの話を持ち出されるなんて。

しかも、自分はまだ婚約者を決めると約束した十八歳になっていない。母が決めた期限まで、一年足らず残っているのだ。ユリアンがおろおろしていると、しばし無言だったレオンハルトが口を開いた。

「——継母上。サビーナ国では国王が亡くなったばかりで、これから若い姉妹で支え合っていこうというときです。戴冠式の準備もあり、終わったあとも国の新体制を整えるまで、やることが山積みでしょう。もちろん、支援が必要なら隣国として、我が国からいくらでも手を差し伸べますが、この状況で見合いの話を持ち出すのは、少々早急すぎるのでは？」

『先方に見合いの話を出すのには相応しくない時期だ』と言外に含み、レオンハルトは母の案をきっぱりと退ける。

「……そうでしたわね。申し訳ありません、気遣いが足りませんでした」

さすがにそう言われては、母もすんなりと引くしかなかったようだ。

母の纏う空気がわずかにピリついたのに気づいたのか、クラウスもやんわりと付け足してくれる。

「今、無理にサビーナ国と婚姻関係を結ぶ必要もないでしょう。向こうから我が国への輸出量は年々右肩上がりです。あちらとしても、エスヴァルドは決して逃したくはない重要な交易相手のはずですから」

「確かにそうだな。それに……ユリアンも結婚するときは、自らが選んだ相手とすべきだろう」

そう言ってから、レオンハルトが伴侶に目を向ける。ナザリオは少し照れたように彼を見返して、柔らかく微笑んだ。

兄がそう言ったのはおそらく、自分たちがなんの思惑も損得もなく、自然の成り行きに任せて恋をして結婚した結果、今の幸せがあるからだろう。

思いついた見合い話をあっさり退けられ、無言になった母が何を考えているかと思うと恐ろしかった。けれど、気を回してくれた兄たちのおかげで、どうやら初の外交とともに見合いを強いられるという最悪の事態だけは避けられそうだと、ユリアンは内心で胸を撫で下ろす。

(良かった……レオンハルト兄様にクラウス兄様も……二人とも、本当にありがとう……)

ユリアンはサビーナ行きに向けて気を引き締めながら、心の中で、兄と従兄に深く感謝した。

＊

初の外交が決まったその翌日、家庭教師が帰ったあとで、ユリアンの元に意外な来客があった。

アデルが「ルイーザ様たちがいらっしゃいました」と言うので、たち？と不思議に思っていると、いたずらっぽく微笑んでいるルイーザの前にいたのは、驚きの人物だった。

「このたび、王太子殿下のサビーナ国行きにおける警護を仰せつかりました。出発はまだ先ですが、ご挨拶をと思いまして」

そう言って、軍服姿のセルジオが丁寧に頭を下げる。ユリアンは言葉が出ず、口をぱくぱくさせて彼とルイーザを交互に見た。

「今日はお兄様も一緒にユリアンのところに挨拶に行くと言い出すから、びっくりしちゃったわ。いいなあ、サビーナに行くんですって!?」

わたしも行きたい！と、まだ呆然としているユリアンに、ルイーザが笑顔で言う。

彼女が唐突にやってくるのはいつものことだが、まさかセルジオが一緒だなんて。確かに先日、駄目元で茶に誘いはしたけれど、こんなにすぐに来てくれるとは思わず、嬉しい驚きだ。

「そ、そうなんだ、二人とも、来てくれて嬉しい。大歓迎だよ」

アデルに急いで茶の支度を頼むと、ユリアンは二人にソファを勧める。内心の歓喜と緊張を押し隠すのに苦労しつつ、頬が赤くなりませんようにと祈る。

ユリアンは窓を背にした一人掛けのソファに座り、兄妹は斜め向かいの三人掛けのソファに並んで腰を下ろす。目と髪の色がそっくりなだけで、顔も性格にもまったく似たところのない二人なのに、こうして並ぶとすぐに兄妹だとわかるのが不思議だった。

平静を装って雑談をしつつも、ユリアンはセルジオが自分の部屋にいるのがまだ信じられずにいた。

彼の噂をするとき、人々はよく『ダルザス家の次男は高潔だから』と言う。

王族に近く、城に出入りできる立場の者には様々な依頼が来る。それは、ユリアンが受け取る陳情の手紙のように、困った挙句の頼みではなく、『息子を軍に入れたいからどうかクラウス様に口を利いてほしい』とか『国王陛下に謁見できる機会はないだろうか』などという欲得ずくのものだ。もちろん、見返りには一般的に金品が用意される。中にはいいだけ立場を利用し、懐を潤す者もいるようだけれど、セルジオは金品では動かない。

その代わり、自らが必要だと思えば、見返りなしで率先して推薦や手助けをしてくれるという。

つまり、断られた者たちが、彼を『高潔だ』と言うのは、頼みを受けてもらえなかった苛立ちを含み、揶揄として使う。反対に、助けられた者たちは、礼を受け取らない彼を称えて同じ言葉で褒めるというわけだ。

セルジオをずっと見つめ続けてきた自分にとっては、納得の行動でもある。

貴族子女の誉れともいえるようなその気高い志を耳にして、彼への憧れの気持ちはいっそう大きくなったものだ。

彼は、見た目も性格も、立ち居振る舞いまで、どこもかしこも非の打ち所がない。

(ああ……今日も、本当に格好いい……)

すぐそばにいるセルジオが気になりすぎて、ユリアンはどこを見ていいのか悩んでしまう。

王太子として恥ずかしくないよう、人前に出るときはそれなりに落ち着いた対応ができるようになったつもりだが、憧れの彼の前にいると、とても冷静ではいられない。

三人であれこれとサビーナについての話をしているうちに、アデルが茶と茶菓子を運んできてくれる。今日の菓子は焼きたてのスコーンだ。たっぷりのクリームも添えてあり、「美味しそう!」とルイーザが笑顔になった。

甘い香りが漂う部屋の中、三人で茶と茶菓子を堪能する。

つい凝視してしまいそうなのを我慢し、できる限りさりげなく見る。

驚くほど睫毛が長くて、鼻筋がすっと通っている。間近にいる軍服姿のセルジオは、息が止まりそうなくらいに男前だった。

格好いい人は唇のかたちまで整っているんだな……、などと思いながら、ユリアンはスコーンを二つに割って口に運ぶ。憧れの人がすぐそばにいる緊張で、思わずかけらが喉に詰まりそうになり、急いで茶で流し込んだ。

「ねえユリアン、サビーナ国では綺麗な真珠がたくさん採れるのでしょう？　わたし、新調したドレスに合う新しいネックレスを探しているの」

「無理を言うんじゃないぞ、ルイーザ。ネックレスならベネデット兄さんに頼めば買ってくれるだろう」

土産物をねだる妹を、セルジオがやれやれというように窘めている。

「ベネデット兄様が連れてくる商人の品は、どれもお値段が高すぎて気が引けるのよ。デザインも可愛くなくて、趣味が合わないわ。それに、セルジオ兄様にお願いしたら『仕事だから確約はできない』って言ったじゃない」

むくれるルイーザに、セルジオは呆れ顔だ。

「今回の旅は遊びで行くんじゃないんだ。私はもちろん、ユリアン様は国の重要な任務で赴かれるんだぞ？」

「じゃあ、わたし、旅の間ユリアンの侍女として働くから、ついていってもいい？」

「い、いや、それはちょっと難しいかも……」

ユリアンは言いたい放題のルイーザに思わず苦笑した。彼女も同行してくれたらきっと楽しい旅になるだろうけれど、友人とはいえ貴族の未婚女性を同行させたりしたら、周囲からは内々の婚約者なのだと勘違いされてしまいそうだ。

「良さそうなものがあったら、何か見繕ってお土産に買ってくるよ」

ユリアンが言うと、ルイーザは破顔して「ぜったいね！」と手を握ってきた。

わかったと頷いてから、今度はセルジオに目を向ける。

「その……外交はもちろんですが、僕は国の外に出るのも初めてなので……今回、あなたに同行してもらえて、とても心強いです」

まごまごしつつ言う。彼に警護してもらえて嬉しい気持ちをせいいっぱい込めて、ユリアンはセルジオに伝えた。

その言葉を聞き、カップを手にしたセルジオは、一瞬だけ、なぜか驚いたような目をした。すぐに平静を取り戻した彼は、「そのように言っていただけて光栄です、ユリアン殿下」と言った。

カップをテーブルに置くと、セルジオは背筋を正す。

「サビーナ国までの道程には問題も少ないと思われますが、必ずや無事に往復するよう、全身全霊をかけて殿下をお守りいたします」

軍服姿の彼に真剣な眼差しで誓いを立てられ、礼を言いながら、ユリアンはどうしようもなく顔が真っ赤になるのを感じた。もはや平静を装うどころではなく、この場で気を失ってしまいそうだ。

スコーンを頬張っていたルイーザが、「良かったわね」というように、ユリアンを見てにっこりする。

それから、セルジオは淡々と警護隊の編成予定を説明してくれた。だいたいは、彼ともう一人の者のどちらかが、常時ユリアンのそばにつき、目を配ってくれるという。サビーナも比較的安全な国だと聞くが、国の整備が隅々まで行き届き、大陸のどの国よりも豊かで治安のいいエスヴァルドに比べると、危険がないとは言い切れないらしい。

「いつも警護の者がそばにいると息苦しく感じられるかもしれませんが、殿下をお守りするためです。お邪魔にならないよう気をつけますので、どうかお許しください」

「も、もちろんです、守ってもらえてありがたいです。一か月弱の旅の間、なるべく皆に迷惑をかけないように努めます」

彼とともに行ける旅が現実味を帯びてきて、嬉しさと動揺でしどろもどろになってしまう。

「僕が狙われることなんて、きっとないとは思いますけど」とユリアンが付け加えると、ルイーザが呆れたように言った。

「もう、何言ってるのよ！　ユリアンはいちおう我が国の王太子殿下なのよ!?　もし異国で攫われたりしたら、どれだけ莫大な身代金がかけられると思う？」

「ルイーザ、『いちおう』は余計だ。殿下が気安い友人付き合いをしてくださっているとはいえ、少しは言葉を慎みなさい」

セルジオがじろりと妹を睨む。

ルイーザのほうは慣れているのか、「はぁい、気をつけます」と肩を竦めて、ちっともこたえていない様子だ。

「僕は少しも気にしませんから」と急いで口を挟みつつも、セルジオは怖い顔をしていても麗しいなと内心で感動する。

「礼儀知らずな妹で申し訳ありません」

彼がすまなそうに謝ってくる。セルジオからすれば、自分が守るべき王太子に対し、妹が立場を超えて気安く話せば、窘めざるを得ないのはもっともだ。

「ええと……僕には同年代の友人がほとんどいないので、こうしてルイーザが話し相手になってくれて、すごく感謝してるんです」

本当に立場など気にしなくていいのだ、という意味を込めてそう伝えると、「わたしもよ！」と嬉々としてルイーザが声を上げた。

「ユリアンといると少しも気を使わずに済むし、話が合うから楽しいわ」

天真爛漫な妹を、セルジオはどこか複雑そうな笑みを浮かべて見ている。

（そういえば……この間話したあの恋愛ものの本、セルジオは本当に読むのかな……）

ふと、先日の図書室での出来事が思い出された。分厚い本だし、彼は忙しいから、そうそう娯楽の本に使う時間はないかもしれない。

もっとあれこれ話したいし、もしルルが来てくれたら彼らにも会ってもらいたかった。しかし、窓辺を気にしながら、ユリアンがアデルを呼び、茶のお代わりを頼もうとすると、

「私はそろそろ失礼します」とセルジオが言い出した。彼はこのあと国王の執務室に用があるらしい。

「あまりユリアン様の邪魔をするんじゃないぞ」

立ち去り際、彼はルイーザに釘を刺す。

「わかってるわ。ユリアンも言ったでしょ？　いつも話し相手になっているだけで、邪魔なんかしてないもの」

ムッとした妹の反論に、セルジオは目を眇めている。何か言いたげだったが、どうやらこ

の場では呑み込んだらしい。

彼はユリアンに丁重に退室の挨拶をすると、部屋を出ていってしまった。

夢のような時間が過ぎ去っても、ユリアンはまだ地に足が着かないような気持ちだった。

(……さっきのは、現実だよね……？)

自分の部屋にセルジオがいたのがまだ信じられない。あとで彼が座っていたソファに座ってじっくりとこの思い出を噛み締め、堪能しなくては……などと頭の中で考える。

彼が出ていった部屋の扉を見つめながらぼーっとしていると、「何見てるの？」とルイーザが呆れたように声をかけてきた。

「もうお兄様はもう行っちゃったわよ？　あーいいなあユリアンは、サビーナに行けるなんて！」

まだ余韻に浸っているユリアンをよそに、彼女は旅を羨ましがっている。

アデルが茶のお代わりを持ってきてくれる。ルイーザは令嬢らしくにこやかに礼を言い、彼女が部屋を出ていくのを確認してから、また砕けた口調になった。

「ねえ、せっかくだから、この旅の機会に、お兄様に気持ちを打ち明けたらどう？」

「っ!?」

少しぼんやりしていたユリアンは、飲みかけていた熱い茶を思わず噴き出しそうになった。口端から零れた茶を慌てて拭いてから、狼狽えつつ言う。

「で、でも、セルジオは仕事でついてきてくれるわけだし……」

「何を言っているのよ、一か月近くもの間一緒なのよ!? 親しくなる絶好の機会じゃない。二人だけの時間も多くなりそうだし、せめて少しでも関係を深めなきゃ」

「だけど……彼は迷惑かも……」

本音を言えば、セルジオに少しでも近づきたい気持ちはやまやまだけれど、状況を踏まえずにおかしな行動に出て、嫌われたくはない。

「もうユリアンは! たとえお茶に誘われたとしても、嫌いな人の部屋にわざわざ来たりしないでしょう? セルジオ兄様って任務には忠実だけど、ぜったいにそういう媚を売るような性格じゃないわ。それに、ユリアンの話をするときだけは、いつもと違う気がするのよね」

意外なルイーザの言葉にユリアンは目を瞬かせる。

「ち、違うって、どんなふうに?」

「うーん、なんていうのかしら……どこか焦ってて早口になるっていうか……」

少しも好意的な反応ではないではないかとがっかりする。

「それって、単に面倒くさいと思われて、苦手な相手だからじゃない……？」

「違うのよ、そうじゃなくて！　お兄様は、興味ない人にはほんとーうにどうでもいいタイプの男なのよ。誰にでも普通に礼儀正しく接するけど、視界に入っていない感じ？　だから、ユリアンのことはちゃんと目に入ってるっていうか、それどころか、必要以上に気にかけているように思えるのよね」

——それは、自分が彼の上官であるクラウスの従弟で、かつ現王の弟だから、ぞんざいに扱うわけにはいかない相手というだけのことではないだろうか。

ルイーザが励ましてくれようとすればするほど、ユリアンは落ち込んでしまう。

だが、嫌われていなければそれでいい。どうせ成就することのない恋の相手なのだ。見つめているだけでじゅうぶんだと思おう。

そんなことを考えていると、ふと、彼女は興味深げな目になった。

「ところで、前々から不思議に思っていたんだけど、ユリアンはお兄様のどこがそんなに好きなの？」

「ど、どこっていうか……だって、セルジオは世界一カッコいいから」

正直な気持ちを言うと、ええー!?とルイーザが驚愕の顔で失礼な反応を見せる。

「そうねえ、まあセルジオ兄様も顔は悪くないと思うけど、でも、美貌でいうならクラウス様が社交界で一番って感じだし、見た目では国王陛下も引けを取らないけど、ちょっと笑顔がなくて近づき難い空気もあるし……」

ルイーザは困惑顔で腕組みをする。

「お兄様ってね、家ではいつもなんか怖い顔してるし、わたしにはお小言をくれるばっかりでちっとも優しくないのよ。もちろん、うちの家柄とかお兄様の軍での地位とか考えたら、結婚適齢期の貴族子女の夫候補として名前が挙がるのはわかるんだけど。でも、ユリアンがそんなに熱烈に好きな理由は、正直ちっとも理解できないわ。家族とは必要なこと以外全然話さないし、食事のときだって面白いことの一つも言うわけじゃないし、軍の仕事と鍛錬しか頭にないって感じで、筋肉馬鹿っていうか……意外とつまらないわよ?」

「そんなことないよ……、だってセルジオは……」

時折だが、ユリアンには笑顔を見せてくれる。

自分こそ面白い話など何一つできないけれど、彼は図書室で会えば読んでいる本を気にかけてくれたり、会えばいつもさり気なく話を合わせてくれて、すごく優しいのだ。

さっきは一緒に茶を飲んだだけでも緊張でカチコチになってしまった。もし彼と一緒に食事ができたら、食べ物などまともに喉を通らないかもしれない。

できることなら食事をしたり、茶を飲む彼を、物陰からただじっと見つめていたい。許されるなら、彼の肖像画を描かせたり彫像を作らせたりして、部屋に置いて眺めたい。

もじもじしながらそう言うと、ちょっと引いた顔でルイーザは肩を竦めた。

「まあ……恋は盲目っていうしね」

ユリアンは思わずムッとして頬を膨らませた。

「盲目じゃないよ！　本当にカッコいいんだよ……僕だって、クラウス兄様やレオンハルト兄様は素敵だと思うけど、恋愛感情とかいっさいないもん……ルイーザも、身内でいつもセルジオのそばにいられるという特権があるから、彼の素晴らしさがわからないんだよ」

「あら、もちろん、兄としていい人なのは認めてるわよ？　使用人とかにもぜったい無理は言わないし、誰にでも礼儀正しくて公正な人だし。それに、外出するときは必ず警護をつけてくれて、何かあったらすっ飛んで迎えに来てくれるから、わたしに悪さしようなんて人は誰もいないもの……でも、だからこそ、わたしは若い貴族から怖い兄がいるって警戒されて、お兄様のおかげで、自分でどうにか結婚相手を探さないことには、本当に行き遅れちゃいそうなのよ！」

彼女は深くため息を吐いて嘆く。

ルイーザは本気で悩んでいる様子だけれど、正直、ユリアンは彼女が羨ましかった。

どうせ結ばれることのない相手なら、妹や弟の立場に生まれて、彼のそばにずっといられたらどれほど幸せだっただろう。厳しいようだけれど、セルジオはルイーザをとても大切にしているのがわかる。それに、寝起きや寝間着姿の彼や、湯上りや寝顔なども、兄弟ならば見られるかもしれない。

幸せな妄想をしているうち、ルイーザが珍しく沈んでしまったのを見て、慌ててユリアンは話題を変える。

「そ、それで、君のお目当ての人は、見つかりそう？」

「それが、まだなのよ……」

彼女はにわかにどんよりとした表情になって言う。

「もしかしたら、この王城とは違う職場に移ってしまったのかも。どうしてあの方のお名前を訊かなかったのかしら……ああ、わたしの馬鹿」

彼女がユリアンの元を訪れる振りをして、たびたび城に足を運ぶ理由は、実はこれだった。

——四年ほど前のことだ。レオンハルトが二十歳を迎えた誕生祝いの席に参加したルイーザは、城で一人の青年に出会ったそうだ。

次兄のセルジオは軍の任務で王族の警護に当たっていたため、彼女は長兄に連れられてやってきた。一通り料理を食べ終わると、祝いの席の途中でつまらなくなってしまい、ルイーザはこっそりと大広間の貴族席を抜け出した。裏庭が見えるところを探して歩き、通路から美しく丹精された庭園を眺めて息抜きをした。しかし、戻ろうとすると、広大な城の中で迷ってしまい、偶然通りかかった青年に道を尋ねたのだという。

とても優しげな人で、彼は快くルイーザを大広間まで案内してくれたそうだ。『ちょうど、僕も息抜きをしに出てきたところだったんです』と言って、祝いの席で特に美味しかった料理や、素晴らしい盛り付けだったデザートについて話しながら歩いた。大広間の前で礼を言って別れたものの、ルイーザはどうしても彼のことが忘れられないそうだ。

第一王子の祝いに招待されていたのだから、おそらく貴族だ。しかも、正装姿を見た限りでは、決して身分の低い家柄の人間ではないはずだと彼女は言う。

そんな中、唯一の有力な手がかりは、話の合間に彼が何げなく言ったという『仕事で城にはよく来るんです』という言葉だった。

だが、なんの仕事をしているのか、どこで働いているのかはさっぱりわからない。

見た目は、茶色の髪に茶色の目。優しげな雰囲気をした二十歳前後の青年。ルイーザよりも背が高くて、少しやせ形だ。しかし、同じ特徴を持った者はこの国に数え切れないほどいるはずだと思うと、気が遠くなってしまう。

「思い切ってうちの兄様たちにも人相書きを見てもらったんだけど、見覚えはないって。祝いの日も軍服じゃなかったし、軍の人じゃないことだけは確かね。兄様たちからいったい誰を捜しているのかって追及されて、誤魔化すのが大変だったわ」

よほど問い詰められたのか、彼女はため息を吐いている。確かに、まだ十代の妹が見知らぬ男の人相書きを持ってきたら、心配するのが当然だろう。

ぶつぶつと兄たちに文句を言っている、憂い顔の彼女を見る。いつもくったくなく接してくれるルイーザは、ユリアンにとって唯一と言えるほど気の置けない友人だ。

ずいぶん前のことだが、城の裏庭で木の実を採ろうとドレスの裾をまくり上げて木登りをしていたところを目撃した母から、ルイーザは毛嫌いされている。そのおかげで、有力貴族の家柄でちょうど年齢も釣り合う年頃ながら、彼女はユリアンの見合い相手からは完全に除外されているのだ。

ダルザス家との関係もあり、母としてもそう簡単には出入り禁止にはできない。お転婆すぎて交際を薦められることもない。そのおかげで安心して友人関係を続けていられるという、ありがたい存在だ。

「どうにかして彼ともう一度会うことさえできたら、ぜったいにちゃんとお名前を伺って、まずはお友達になるのに……」

どこか夢を見るような目をして、ルイーザは呟いた。

なぜこんなにも、彼女はたった一度だけ会ったきりの相手にこだわるのか――。

昨年、ユリアンのコネを使わず、何か月か待った末に念願が叶い、ルイーザはナザリオに運命の相手を占ってもらうことができた。そのとき彼に見えた相手が、一目惚れをしたあの青年だと気づいたそうなのだ。

それ以来、がぜん張り切って、運命の相手である彼を捜すため、まめに城や社交の場を訪れては人に会うようにしているのだが、いまだにその正体はわからないままだ。

(見つかるといいな……)

愛らしく整った顔立ちに行動力もある彼女なら、きっと彼を捜し出せる気がする。ルイーザがいつかその相手との恋を成就させるのを、ユリアンも応援したいと思った。

「……じゃあやっぱり、あの日の招待客リストをチェックしてみるしかないね」

ユリアンが言うと、ルイーザがパッと顔をほころばせる。

「国王陛下にお願いしてくれるの!?」

「うん、サビーナ行きから帰ってからになっちゃうけど、それでよければ頼んでみるよ」

何度かその案は出たのだが、当時から跡継ぎと目されていた第一王子の二十歳の誕生祝いは盛大で、国内外から何百人もの人々が招かれていた。ほぼすべての有力貴族が参加していたのだから、そこから捜すとしたら作業は膨大だ。しかも、目当ての彼が親の招待状で同行したりしていたら、そもそもリストに名前がないことになる。

だが、もう他にできることがないのであれば、やるしかない。

――四年も忘れられない相手だ。さぞかし素敵な人だったんだろう。

（もし、セルジオにそんなに長く会えなかったとしたら、僕は諦められるのかな……）

ユリアンの恋は、三歳のときの出会いからもう十四年越しにもなる。

子供の頃から大好きだったが、成長するごとに、ユリアンは自分の中にある彼への想いが恋心であることをはっきりと自覚した。

だから、自分が大人になるまでの間、どうか彼が誰とも結婚せずにいてくれたらと願い、いつか彼に釣り合う人間になれることだけを夢見てきた。

しかし、そんなささやかな夢は、結婚適齢期になる前に消え去ってしまったのだ。

（……せめて、レオンハルト兄様か、クラウス兄様のどちらかだけでも、跡継ぎを儲けてくれていたら……）

兄たちにはぜったいに言うつもりはない。けれど、考えるとやるせない気持ちになり、ユリアンは心の中で小さなため息を吐く。

――何せ、自分がセルジオへの恋心を自覚したのは、兄と従兄の二人が同性と結婚するよりずっと前のことなのだから。

彼以外に恋をしたことがないから、諦めることを想像しようにもよくわからない。しかも、諦める以前の問題として、自分は十八歳になったら強制的に失恋するのだ。まだ今は、悲しい未来のことを考えるのはやめようと思った。

「――ユリアン、どうしたの？」

悶々と考えていると、ルイーザが不思議そうに顔を覗き込んでくる。なんでもないよと慌てて言い、ユリアンの初めての外交とルイーザの人捜しがどちらもうまくいくように激励し合った。

すっかり元気を取り戻した彼女は、「ともかく、旅の間にお兄様と少しでも距離を詰めるのよ！」とユリアンをせっついてから帰っていった。

＊

隣国の戴冠式出席のための旅の準備は着々と進んでいく。

王室お抱えの仕立職人が呼ばれ、ユリアンの儀式用の正装が一揃い新たに誂えられた。

国王やサビーナの事情に詳しい大臣たちが同席して話し合った結果、新女王に贈る祝いの品も決まった。

出発前に、父のところには恙なく務められるよう外交の決意を書いた手紙を持っていってもらい、母の部屋にも挨拶に行った。母はまだ隣国の王女との見合いを諦めていないようで、土産物の話をするユリアンに「お土産なんてなんでもいいわ。機会を見つけてラウラ王女殿下とお話をしてきなさい。次は我が国にお招きするとお伝えして」と命じてくる。困り果てたが、努力します、とだけ言っておいた。

父からは『王太子として恥ずかしくないよう務めを果たしてくるように』という返事が来た。

（……お母様はお見合いのこと、父上は任務のことしか頭にないんだな……）

旅立ち前の両親の対応に一抹の寂しさを感じたけれど、なにせ今回はセルジオが同行してくれる旅だ。落ち込んでいる場合ではない。

次にクラウスのところに挨拶に行くと、彼の伴侶のティモが旅に持っていくといいものを渡してくれた。馬車に酔ったときに舐める薄荷味の飴や、携帯食などだ。彼は心配性らしく、真面目な顔で旅の無事を祈ってくれて、なんだかくすぐったかった。

レオンハルトのところでは、『仕立職人に依頼して、お前の正装のベルトの金具部分に小型のナイフを仕込ませておいた』と言われて仰天した。見せてもらったが、人差し指ほどの長さのごくごく小さなナイフだ。兄のベルトにも仕込まれているそうで、国外に出る王族は皆、身の回りの品のどこかにこういったものを入れさせるのだという。小さくとも、万が一剣を奪われて拉致された場合などに、拘束を切るのにはじゅうぶんらしい。

真顔で『使わなければそれに越したことはない。安全のためのお守り代わりだ』と言われ、兄の思いやりを感じた。ナザリオもティモと同じように、何事もなく戻れるようにと祈りを捧げてくれる。

土産は何がいいかと訊ねると、ナザリオの肩に乗った小さな二匹がキュルキュルと一生懸命鳴き始めた。何を言っているのだろうと不思議に思っていると、『たぶんなのですが、サビーナのお菓子が食べたいと言っているようです』とナザリオが恥ずかしそうに教えてくれた。可愛いおねだりに頬をほころばせ、美味しそうなのを買ってくるね、とユリアンはピーノたちに約束する。

このとてつもなく愛らしいピーノとロッコという名前の二匹の小さな生き物が、ユリアンは大好きだった。

見た目も可愛いし、人が何か言うと、聞いているようなそぶりで首を傾げたりする。いたずらなどはせず、いつも利口にナザリオのそばにいる、とても賢い生き物なのだ。

城の人々にも大人気で、だいたいは籠の中にいるが、ときには王妃殿下の袖の中や肩の上、または国王レオンハルトの胸元からちょこんと顔を出していることもある。

二匹が王妃殿下の両肩に乗っている光景を見かけると、その日はいいことがあるらしいと、興奮気味に使用人たちがよく話をしている。

菓子の土産を約束すると、二匹は尻尾をふるふるさせてから、揃ってぴょんぴょんと辺りを跳ね回る。まるで言葉がわかるようで、喜んでいる様子なのが嬉しかった。

兄夫妻と従兄夫妻に会うと、彼らの優しさを感じた。両親とのやりとりは冷ややかなものだったが、彼らには温かく背中を押される。立派に任務を果たし、皆に土産をたくさん買って帰ってこようという前向きな気持ちになれた。

旅の準備も整い、サビーナ国に向けて出発するのはもう明日だ。

アデルとともに、ユリアンが荷物の最終確認をしていると、いつものようにルイーザが城にやってきた。

今日の目的は人捜しではなく、隣国に旅立つユリアンに土産物の希望を伝えておくためだ。

「ええとね、小さくてもいいから真珠がついたネックレスか、ブレスレットがいいわ！　見つからなければお菓子とか本とか……ともかく、隣国にしかないものがいいの」

「わかった。素敵なものが見つかるといいんだけど」

ユリアンは貪欲な彼女に苦笑しつつ、改めてサビーナ土産の希望を書きつけておく。

「……そういえば、ここのところ城で見かけないようだけど、セルジオはどうしてる？」

何げないふうを装って彼の様子を訊くと、「お兄様？　特にお変わりないと思うけど……何かあったの？」とルイーザは不思議そうだ。

「な、何もないよ。最近会えていないから、元気かなあと思って」

ぎこちなく笑ってユリアンが誤魔化すと、彼女はにっこりと笑った。

「大丈夫よ、元気だと思うわ！　お兄様もサビーナ行きの準備とかで、なんだかお忙しいみたい。ここのところは夕食の時間も合わないし、わたしもあまり姿を見ていないくらいだから」

そう、と言い、ユリアンは暗い気持ちになる。

本当は、セルジオの様子に特に変わりがないこと自体は知っているのだ。

若手の会合がある日にユリアンが塔から覗いていると、彼はいつもと変わらず兄たちとともに裏庭で剣の打ち合いをしに出てくる。

だが、そのあと時間を見計らって、これまで通りに図書室に行っても、いっこうにセルジオは姿を現さない。そんなことが二回、三回と続き、次第にユリアンは、彼のその行動の意味を理解せざるを得なくなった。

(もしかして……僕、彼に避けられてる……?)

その可能性に気づくと、ユリアンは地の底まで落ち込んでしまった。

――実は、彼に避けられるような理由に、大きな心当たりがあったからだ。

今回の隣国行きが決まり、セルジオがルイーザと一緒に部屋に来てくれたあと、意を決してユリアンはとある行動に出ていた。

ルイーザから『旅の間に少しでも距離を詰めるのよ!』と激励されたあと、ユリアンは深く悩んだ。

セルジオに、面と向かって告白する勇気などない。

そもそも、たとえ伝えられたとしても、自分は一年も経たないうちに他の誰かを選び、婚約しなくてはならない身なのだ。そんな状況下で本気の想いを告げられても、彼を困らせるだけだろう。

けれど、十八歳の誕生日が来てしまったら、もう告白するか悩む自由さえもなくなってしまう——。

そうして散々悩んだ末に、セルジオが次に城に来るはずの前日に、ユリアンは図書室に向かった。

前の週に図書室で会ったとき、彼は本当に以前言った通り、ルイーザが借りた恋物語を読み終えていた。驚くユリアンに『妹よりも早く読み終わったので、続きを借りに来ました』と言い、五巻と六巻を手に取っていたので、ルイーザのために借りた四巻までは読了したらしい。意外にも気に入ってくれたようだと気づき、ユリアンは嬉しくなった。

四巻最後の波乱の終わり方について少し盛り上がり、主役カップルの結末がどうなるか気になるという彼の言葉に激しく同意した。

とはいえ、話せたのはほんの少しの間で、このあとまた軍の会合があるという彼が図書室を出ていくのを名残惜しく見送った。

そのとき、ふいにユリアンは気づいた。

――この分でいくと、彼はルイーザより先に七巻を読むのではないか、ということに。

（……セルジオへの手紙を書いて、七巻の間に挟んでおくっていうのはどうだろう……？）

告白することも、彼に直接手紙を渡すことも、使者に頼むこともできそうにないけれど、それならなんとかできそうだ。

それからは、あれこれと頭をひねって、伝えたい手紙の文面を考えた。

曖昧な言葉では気持ちは伝わらなさそうだが、かといって愛や恋などの直接的な言葉を出すのはためらいがある。

どうせ当たって砕けるのならと、心の中にある彼への気持ちを一文に綴り、思い切って件の本の間にそっと挟んでおいた。

〝いつもあなたのことを想っています　Y〟

七巻が出たのはしばらく前のことだし、借りる者はもう稀なはずだ。セルジオがこの本を手に取りさえすれば、敏い彼は手紙を書いた者が誰か、すぐに気づくだろう。

翌日のセルジオがいつも図書館を訪れる頃、初めてユリアンは図書室に向かわずに部屋に籠もった。

そうして、次の授業が終わり、教師を見送ってから、急いで確認しに行くと、七巻は挟んだ手紙ごと消えていた。

――しかし。どきどきしながら次に彼が城にやってくる会合の日を待っても、セルジオからの反応はなかった。

ルイーザより先に彼があの七巻を読むのなら、手紙も彼の目に触れたはずだ。

けれど、恥ずかしいほど正直に気持ちを綴ったその手紙を読んだであろう彼は、翌週から、いくら待っても図書室にはいっさい姿を現さなくなってしまったのだ。

かくして、ユリアンは地の底までずっしりと落ち込んだ。

(つまり……僕の気持ちは、セルジオにとっては迷惑だった、ってことだよね……)

穴があったら入りたいぐらいの恥ずかしさに見舞われたが、書いた手紙を今更なかったことにはできない。きっと彼も、気のない相手からあんな手紙をもらって困惑したのだろう。

兄はユリアンをどこか特別に思っている気がする、というルイーザの言葉を真に受けないつもりでいたのに、つい舞い上がってしまった。勝手に想いを募らせた上、その気持ちを押しつけてしまい、申し訳なさでいっぱいになる。

しかも、ユリアンが手紙を挟んだのは、時期までもが最悪だった。

何せセルジオには、これから一か月近くもの間、旅に同行してもらわなければならないのだ。

気まずいなどというものではない。出発前にどうにかして彼に会い、「あの本に、うっかり別の人宛ての手紙を挟んでしまったんだけど」と明るく誤魔化したい。過去に戻って手紙を挟む自分を止めたいと願うほど、ユリアンは悲しい気持ちにとらわれていた。

念のため、おそるおそるセルジオが借りたであろう七巻のゆくえを、ルイーザに訊いてみたりもした。

すると『あら、七巻ならわたしが持っているわよ』という答えが返ってきて仰天した。ルイーザによると、借りてきた兄自身はあっという間に七巻を読み終えてしまったので、渡してもらい、今少しずつ読み進めているところだ、という。

それを聞いて、ユリアンはいっそう目の前が暗くなった。

——明確なのは、確実にセルジオの元にあの手紙が渡ったこと。

そして、ユリアンの想いを綴った手紙を受け取っても、彼が無反応であるということだけだ。

更に、出発前夜には、その落ち込みに、追い打ちをかけるような出来事があった。

「クローディア様のご指示で、今回のサビーナ行きに同行させていただくことになりました」と伝えに来たのは、マチルダという名の中年女性の使用人だ。

昔から知っている使用人ではあるけれど、ユリアンは実は彼女が少々苦手だった。母が実家から連れてきた使用人で、母には絶対服従の彼女は、幼い頃からルーファスやユリアンに厳しく接した。そんな彼女に同行すると言われて、愕然とする。

「で、でも、僕のほうで、もう連れていく使用人はヨラントと決めているから」

「二人までなら同行できると聞いております」

そう言われて、ユリアンは言葉に詰まった。残していくアデルにはルルのエサやりを頼んである。数年前から城で働き始めたヨラントは母と関わりがないから、旅先でのことが母に伝わることもない。

一人でじゅうぶんなのだと必死に断ろうとしたけれど、「これはご命令ですので」と押し切られてしまう。

旅の間、セルジオと手紙のことについて話すどころではない。

（マチルダが来るんじゃ、往復の旅程もいっさい気を抜けないよ……）

おそらく彼女が同行を命じられたのは、ユリアンの行動を監視するためだ。帰国後にはきっと、旅の間の出来事を何もかも母に報告するのだろう。

どうにかして断りたかったが、あの母がユリアンの言うことなど聞くわけがない。

がっかりしたけれど、そもそもこれは任務として赴く旅だ。

そう考えて、沈みそうになる気持ちを切り替える。ユリアンはただ恙なく隣国の戴冠式に参列し、王太子としての責務を全うすることだけを考えようと決めた。

＊

サビーナ行きの朝は出発式が行われた。国から正式な使者を出すときは、いつも無事に着けるように司教が祈りを捧げ、信徒の奏者がラッパを吹き、旅の幸運を祈る。

今日の祈りは教会の最高位に立つ大司教が捧げてくれた。更には仕事の手を止めたのか、兄や従兄、その伴侶までもがわざわざ城の入り口まで出てきてくれて、ユリアンは驚く。

「気をつけて。楽しい旅になるように祈っているよ」

クラウスが微笑んで言い、ユリアンの肩に触れる。その隣に立つレオンハルトは腕組みをしたまま真顔で頷いた。

「女王陛下によろしく伝えてくれ」

「は、はい。エスヴァルドの使者として、お祝いを伝えてまいります」

緊張の面持ちでユリアンは答える。

兄たちのそばには笑顔のナザリオと少し心配顔のティモも立っている。ナザリオの袖口からは、小さな二匹がひょっこり顔を出している。ナザリオがこちらにそっと手を振ると、二匹もそれにならい、まるで『いってらっしゃいませ』というように手を振り振りしてくれるのが可愛い。緊張がほぐれ、思わずユリアンは頬を緩めた。

ふと見ると、見送る人々の中に侍女を連れた母の姿が見えて、目を丸くする。

「母上、いってまいります」とユリアンが声をかけると、彼女は軽く会釈をする。いったいどういう風の吹き回しだろうと思ったけれど、もちろん、嬉しくないわけではない。

軍服姿のセルジオが乗った馬は、ユリアンの馬車の前を走るようだ。

ユリアンが王家所有の立派な馬車に乗り込むと、マチルダが続き、斜め前に腰を下ろす。

ヨラントは、申し訳ないが荷物を載せた馬車のほうに乗ってもらう予定だ。

再びラッパが吹かれ、走り出す馬車の窓から小さくなっていく皆の姿に手を振る。

初めての外交に期待と不安を感じながら、ユリアンは祖国を旅立った。


エスヴァルドの王城から南東に向けて出発した馬車は、セルジオ率いる警護隊に付き添われ、順調に旅路を進んだ。

両国の間には活発な交易があるため、サビーナまでの道は整備された街道と、商人や旅人のための宿屋があり、手持ちの金貨さえあれば野営をする必要はない。

天気にも恵まれ、強盗や獣に遭遇することもなく、一行は両国の国境を通過する。

そうして予定通り、出発から十日目の夕暮れ前に、ユリアンたちは目的地であるサビーナ国の王宮に到着した。

　警備兵に通されて王宮の門をくぐり、瀟洒な前庭を通る。国境から知らせが届いていたらしく、見事な金装飾が施された入り口扉の前には使用人たちがずらりと並んでいる。すぐに建物の中から現れた人物が、ユリアンたちを出迎えてくれた。

「ユリアン王太子殿下！　ようこそお越しくださいました」

　口髭を蓄えた恰幅のいい大臣は満面に笑みを浮かべ、ユリアンたちを歓迎した。

　女王陛下の代理だという大臣は、ユリアンを自ら部屋に案内してくれた。他の者たちとはいったん別れ、常にユリアンのそばについてくれるセルジオと、彼の部下のミケーレ、使用人の二人だけが同行する。

　大臣によると、ユリアンの部屋は王宮内の離れの中でも最上級の客間で、続きの間には側仕えなどのための部屋も二つあるらしい。他の者たちにもそれぞれそう遠くないところに部屋を用意してくれたそうだ。

「お疲れでございましょうから、本日の夕食は部屋に運ばせます。アデリナ女王陛下の戴冠式は、前後の式典を合わせると合計で一週間ほど行われまして、式自体は明後日に行われます。明日は前夜祭として、晩餐の間に料理が用意され、各国からいらしてくださった使者様のために歓迎の宴が催されることになっております。ユリアン王太子殿下も、旅の疲れが癒えましたら、ぜひともご参加ください」

「ありがとうございます、喜んで伺わせていただきます」

ユリアンの答えに、大臣は満足顔で下がっていく。

「皆も疲れただろう？　僕も夕食までのんびりするから、夜まで少し休んで」

扉を閉じる前に、ユリアンはその場にいるセルジオとミケーレに声をかける。

さっそくユリアンの荷物を整理しようとし始めるマチルダにも、同じように伝えた。ヨラントは馬車酔いしたようで顔色が悪く、ティモからもらった飴や、水に入れて飲むためのミントの葉を分けてやる。

マチルダたちが側仕え用の続き部屋に下がると、ユリアンは窓を開けてバルコニーに出た。

高台にそびえる王宮の建物の中で、客室からは海が一望できた。内陸部にあるエスヴァルドから出たことのないユリアンにとって、初めて目にする広大な水平線だ。

「わあ……」

陽光に眩しく煌めきながら壮大に広がる青さに、息を呑んで見入る。

（ルイーザが今回の旅をあんなに羨ましがったのも、納得だな……）

人々が纏う衣服、肌の色に髪の色、街の匂い。海が近いからか、この国は空気が少ししっとりと湿っているように感じられ、どこにいてもかすかな潮の香りがする。

生まれ育った祖国の空気は少し乾燥しているのだと、国の外に出たことで初めて気づく。本で読み、知識としては知っていた。けれど、実際に感じることには大きな差があった。国が違うだけで、すべてがこんなにも違うものかとユリアンは驚いていた。

到着した日はゆっくり体を休める。翌日の夕方、案内の者に導かれて参加した前夜祭は、立食だった。さっぱり勝手がわからないユリアンに「ご案内しましょう」と最初に出迎えてくれた大臣が寄ってきて、一つ一つ説明してくれる。ちらりと見ると、今夜は警護のミケーレが目の届くところで控えめに付き添ってくれているとわかり、ホッとした。

「ユリアン王太子殿下、ようこそお越しくださいました」

「どうぞ我が国の催しを存分に楽しまれますよう。貴国に戻られたら、ぜひ国王陛下にもよろしくお伝えくださいませ」

ユリアンに気づいて寄ってくるのは、多くがサビーナの大臣や役人だ。

皆礼儀正しく歓迎の意を伝えてくれたが、中には帰国前には自邸の晩餐会にと招いてきたり、結婚適齢期だという娘を紹介しようとする者もいて困惑した。「大変ありがたく思いますが、今回は女王陛下の戴冠式のお祝いで参りましたので」と、なるべく角を立てないように断る。粗相のないようにと緊張しながら、エスヴァルドにいい印象を持ってもらえるよう、できる限り誠実に対応した。

その夜は大広間に並べられたサビーナ料理を味わって、早めに部屋に引き上げる。まだ疲れが残っていたのかすぐに眠りにつき、あっという間に戴冠式の日がやってきた。

新しく誂えたばかりの正装は、綺麗な青色の上着の襟元や袖口に白い折り返しが入った、爽やかな雰囲気のものだ。

ヨラントたちに手伝ってもらい、ユリアンはシャツの上から体にぴったりの上着を着込み、王太子の紋章を胸元につけ、腰から剣を下げた。

案内の者が扉を叩き、ユリアンは部屋を出る。今日はセルジオがついてくれるようで、一瞬ぎくりとしてしまった。

「おはようございます、ユリアン様」

彼はいつも通り、礼儀正しく挨拶をしてくれる。

「おはようございますセルジオ。今日はよろしくお願いします」

平静を装いつつ声をかけて、ユリアンはすぐに足を進めた。

本当なら、朝から彼に会えて嬉しい。笑顔で少しでも話をしたいと思うけれど、今は彼の前でうつむいたり、青褪めたりしないだけでせいいっぱいだ。

（戴冠式が終わるまでは、考えないようにしなきゃ……）

失敗するわけにはいかない。

――もう自分は三歳の子供ではないのだから。


厳粛な戴冠式は、光が降り注ぐオリエンタルな意匠の聖堂で行われた。

祝賀のために訪れた多くの来賓たちの前で、エスヴァルドの戴冠式とは異なる儀式が始まる。厳かな神官たちの舞を興味深く眺めるユリアンの前で、王冠を戴いたサビーナ国新女王が誕生した。

儀式後は、それぞれの国の使者と女王の面会の時間が設けられた。すぐに順番が回ってきて、緊張しつつも笑みを浮かべ、王座の前に進んでユリアンは祝いの言葉を述べる。

「――女王陛下、エスヴァルド王国王太子、ユリアンと申します。お招きに感謝申し上げます。このたびは本当におめでとうございます」

「まあユリアン王太子殿下！　ようこそ我が国へ。遠路を来てくださり、とても嬉しく思います。宴に様々な催しを用意していますので、どうぞこの機会に存分にサビーナを楽しんでいってくださいね」

新たな王位についたサビーナ国のアデリナ女王は、ユリアンが祝いの言葉を伝えると満面に笑みを浮かべて歓迎の意を表してくれた。

朗らかで優しい雰囲気の女王に、ユリアンも緊張がほぐれていく。

「実はわたくしの伴侶は、以前フィオラノーレまで占ってもらいに行ったときに、当時神官だったナザリオ王妃殿下から伝えられた相手なのですよ」

女王の隣で笑顔を見せているまだ若い王配殿下とは、ナザリオの占いの結果を受けて、一昨年に結婚したそうだ。

ユリアンが伝え聞いた話によると、彼女の伴侶となったのは、長年想いを抱いていた従弟だという。しかし、年下であることや分家の格などを理由に父王が渋り、アデリナは何度も他の相手と見合いをさせられていたらしい。

当時、特別な力を持つ神官の名はサビーナにも届いていて、彼女は意を決して旅に出た。そこで、もし見えた運命の相手が彼だったらと願いながら、片道一か月近くもかかる遠路をはるばるとフィオラノーレに向かったそうだ。

「ナザリオ様には、お礼を言っても伝え切れないほど感謝しています」

笑顔が輝くアデリナと、顔を見合わせる伴侶はとても仲睦まじい。今では義兄となったナザリオの占いがきっかけでもたらされた彼らの幸福な様子を見て、ユリアンも嬉しい気持ちになった。

アデリナ女王の戴冠式と、そのあと催された祝賀の宴には、半年ほど前にエスヴァルドで行われたレオンハルトの戴冠式に来てくれた他国の王族も多く招かれていた。

すぐにユリアンに気づいて席まで来てくれた妹のラウラ王女とも挨拶を交わし、兄の戴冠式以来の再会を喜び合った。

ラウラ王女は姉とよく似た顔立ちをした可愛らしい女の子だ。ユリアンやルイーザと同い年のはずだけれど、何歳か年下に見えるような無邪気な雰囲気を持っている。一瞬だけ、母が言った『ラウラ王女と話をして、我が国にお招きを』という言葉が思い出されたが、急いで頭から消し去る。

「街に行くときは言ってくださいね、私がご案内いたします！」と彼女が申し出てくれて、そのときはぜひにと礼を言っておいた。


その後、来賓たちは皆、祝賀の宴に導かれた。円形の建物の中にある広間では、中心に据えられた舞台で催しがされると知って、斬新さを感じる。

ユリアンに用意されたのは最前列で、特等席と言ってもいい場所だ。

席に座ると、ヴィオランテのダヴィド王太子殿下が隣の席だった。

長い黒髪を項で一つに束ね、一見気難しそうな顔をした彼は、挨拶をしたユリアンがエスヴァルドからの使者だと気づくと、がらりと態度を変えた。

「君は……レオンハルト陛下の弟ぎみか！」

「はい、ダヴィド王太子殿下。またお目にかかれて光栄です」

冷ややかな容貌を緩め、ダヴィドはユリアンの手を両手で包んで握手をしてくれる。兄の戴冠式では来客があまりにも多すぎて、彼とは挨拶をした程度だった。だが、弟の自分と会っただけでこんなに喜んでくれるなら、兄たちとはすでに友人関係なのだろう。そういえば彼は帰国する前、兄夫婦の私的な茶の席にも招かれていた。

出発前に失礼のないよう、一言でもいいから『ダヴィド殿下は友人だ』と教えておいてくれたら良かったのにと、冷汗をかいてしまう。

「ユリアン殿下とここでお会いできるとは嬉しいことだ」

ユリアンの緊張とは裏腹に、ダヴィドは口の端を上げてご機嫌な様子だ。

宴の間、運ばれてくる彩の鮮やかな料理を味わいながら、彼とはあれこれと話をすることができた。ダヴィドは戴冠式でエスヴァルドを訪れた際、首都リヴェラを観光したそうだ。

「貴国の首都は本当に素晴らしいところだな。各国の珍しい書物も多くあるし、我が国では手に入らない薬も購入することができた。食べ物の種類も豊富で、民も皆気質が穏やかだ。次こそはぜひ、もっと長く滞在してあちこちを見て回りたいと思う。機会があれば、ぜひとも我が国にもいらしてくれ」

「は、はい、ぜひ伺ってみたいです！」

「念のために言うが、これは社交辞令ではないぞ？　リヴェラほどではないが食べ物も酒も美味いものがたくさんある」

続けて言われ、ユリアンは顔を輝かせた。態度から、ダヴィドが本音で誘ってくれていることが伝わってきたからだ。

今年から積極的な外交が始まったとはいえ、長年の間、両国は緊張関係にあった。そのため、歴史だけを学んだユリアンにとって、ヴィオランテはこれまで何度も国境を侵す野蛮な敵対国という認識しかなかったのだ。

けれど、兄の戴冠式の招待に快く応じ、自分にもこんなふうに親しげに話しかけてくれた彼に感激する。今夜で一気にヴィオランテの印象が変わった気がした。

宴の席では、各国の使者が次々とユリアンの元に挨拶に来てくれた。

十七歳の若造ではなく、『大陸最大国であるエスヴァルドの使者』として、皆が自分を丁重に扱い、何とぞ国王によろしくと言伝ていく。

隣席では、年は違えども同じ王太子という身の上ながら、ダヴィドはすでに他国の使者と面識があり、交易など様々なやりとりの話をしていることに感心する。確か彼もまだ二十歳くらいだったはずなのに、初めての外交で粗相のないようひたすら緊張している自分とはまったく違う。

堂々とした態度で笑みを浮かべ、自国を背負って各国の使者と対等に話をするダヴィドの様子に、ユリアンは感銘を受けた。

宴の催しが進み、サビーナ伝統の踊りが始まる。華やかな民族衣装を纏った美しい踊り子たちが舞い踊るのを眺めながら、酒の杯を手にしたダヴィドは言った。

「……これまでは長年のしがらみがあったが、私は隣国同士でいがみ合うことはおろかでしかないと考えている。次の世代に諍いを持ち越したくない」

まったくの同意で、ユリアンは深く頷く。

「これからは、いっそう深く様々な面で協力国として関係を深めていきたい。ユリアン殿下とも会う機会が増えることを願っている」

「僕も、そう願っています」

先ほどの雑談の中で、彼はサビーナに着いてすぐ、大臣に紹介してもらい、王室に薬を納めている薬店に赴いたと言っていた。第二王子のナディル殿下が病に伏していて、少し話を聞いただけでも容体はいいとは言えないようだ。ユリアンは心を痛め、もし何かエスヴァルドで手に入れたい薬があれば、自分も役に立てるからいつでも連絡をと伝えた。ダヴィド王太子は「ありがとう、とても助かる」と感謝の目を向けた。

彼もユリアンたちと同じように三人兄弟らしく「家族は宝だから」と言った。両親との関係があまり良くないユリアンにとっては答えに詰まる言葉だったけれど、二人の兄や従兄の存在を思うと、自然と頷くことができた。

帰りはエスヴァルドを通るものの、弟のことが気になるので、王城に寄る時間は取れそうにないらしい。ダヴィドからは、国王夫妻によろしく伝えてくれと言われ、手紙を託された。

戴冠式が無事終わり、使者としての責務のほうはどうにか恙なくこなせた。

催し自体はあと五日続くようだが、各国から招かれた来賓は儀式のみに参列し、明日か明後日には帰国する者がほとんどのようだ。

ユリアンたちも、明日一日滞在して、荷物をまとめてから帰国する予定だ。

湯浴みと着替えを済ませ、さすがに疲れを感じてユリアンは寝台に入る。ヨラントたちはすでに下がり、部屋には自分だけだ。

（いま扉の前にいるのは……、セルジオじゃないよね……）

考えると、動揺が湧いてくる。到着した日から、部屋の前にはセルジオの部下が交代で警護についている。ごくたまに交代でセルジオがいることもあるが、今日は彼は昼間付き添ってくれていた。だから、今は別の者がいるはずだと自分に言い聞かせ、ユリアンはどうにか気持ちを落ち着かせた。

任務は失態もなく済んでホッとしていたが——セルジオとの関係のほうは、出発前に話もできず、それ以来、ずっと膠着したままだ。

旅の間、彼は朝と晩に最低一度は必ずユリアンのところにやってきて「何か問題はございませんか」と訊ねてくれる。身の回りのことはヨラントとマチルダが整えてくれるし、必要なものはサビーナ側の使用人に頼めばすぐ用意してもらえる。こちらに着いたあとは王宮から出ていないので、問題は起こりようもない。だから毎回ユリアンは「何もないよ、ありがとう」と答えるだけだ。

彼との会話といえば、出発してからというもの、ほぼそれのみしかない。

考えると涙が溢れそうになって、慌てて目を瞬かせる。

まさかセルジオとの旅がこんなことになるなんて、ユリアンは思いもしなかった。

様々に気を配ってくれる彼が指揮をとる警護は万全で、他国にいても少しも危険を感じることはない。任務にはなんの問題もないから、おそらく、隊の他の者にも気づいている者はいないだろう——セルジオは、必要最低限以外、ユリアンとはなぜか目も合わせてくれないなんて。

会話をするときは礼儀として目を見てくれるけれど、ふと気づくと、彼は目を伏せたり視線をそらしたりしている。どうやら極力自分を見ないようにしているようだと気づくと、ショックは大きかった。

物腰も対応も、これまで通り丁寧すぎるほど丁寧なのに、目が合えば必ず微笑んでくれていた以前とは異なり、彼との間には、はっきりとした距離ができてしまっている。

(そんなに、あの手紙は迷惑だったんだろうか……)

それ以外に、この悲しい状況の理由が思いつかない。

ユリアンが部屋を出るときには、必ずセルジオかミケーレが同行する決まりだ。

だが、今の状況では、自分とともにいるのはセルジオのほうが苦痛だろうと思うと、ユリアンは居た堪れない気持ちになる。

このままの状態では彼も過ごし辛いに違いないと、ユリアンは悩んだ。

そもそも、想いを伝えたいなどと思ったのが間違いだったのだ。

恋が成就しないとしても、せめてこれまで通り、たまに雑談できるような関係を取り戻したい。切実にそう思い、なんとか手紙の件を間違いだったと伝えるべくユリアンは悩んだ。

そこで、先ほど祝賀の宴の場を出て、部屋の前まで送ってもらったとき、勇気を振り絞り「少し話したいことがあるので、よかったら中でお茶でも飲みませんか？」とセルジオに声をかけたのだ。

しかし、なぜかショックを受けたように一瞬固まった彼に、それは私的なことかと訊ねられる。そうだと震えそうな声で答えると、すぐに「それならば、大変申し訳ありませんが、今はまだ仕事中ですので」と、あっさり断られてしまった。

仕事を理由に断られるのだとしたら、この旅の間中、任務を帯びているセルジオには、帰国するまで手紙の件を話すことはできなくなる。

部屋に戻ったユリアンが、あまりにしょんぼりと沈んでいたせいか、マチルダにまで「どこかお加減でも？」と気遣われてしまう始末だ。

身勝手に自分の気持ちを押しつけたことで、セルジオから明確な距離を置かれてしまった。

あの手紙について、弁明することすらもさせてはもらえない。

セルジオはある意味では誠実で正直だ。彼がこれまで特別なのかと誤解するほどに優しく接してくれていたのは、自分がレオンハルトの弟であり、かつクラウスの従弟という身の上だからだったのだと、ユリアンは苦しいくらいに痛感させられた。

——完璧に振られてしまった。

それでも、明日にはまた彼と顔を合わさなくてはならない。嬉しいのに悲しくて、ユリアンは目が腫れないよう、必死で零れそうになる涙を堪えながら眠りについた。

サビーナに滞在する最後の日がきた。

ユリアンたち一行は明日の朝、帰国の途につく。これまでは街に下りる時間がなかったが、出発までに約束した皆の分の土産物を手に入れなくてはならない。

式典や催しの間は大人しく部屋で控えていたマチルダは「街に行かれるならお供します」と言う。しかし、彼女が一緒だと、母の目がついてきているも同然で、買い物をするにも気が休まらない。

できれば彼女は別の者に案内してもらい、どうにか少し街に出られないかと望みをかけていたが「馬車なら構いませんが、徒歩での街歩きは危険です」と、セルジオにきっぱりと却下されてしまった。

国境から王宮に着くまで馬車の中から眺めた感じでは、王宮のある首都マーラと城下にある街は、聞いていた以上に綺麗で安全そうだった。夜中にふらふら出歩きさえしなければ、そんなに心配することもなさそうなのにと、セルジオの警戒ぶりが不思議なほどだ。

「ダヴィド王太子殿下も街で薬を買ったって言っていましたし、そんなに危険なこともないと思うのですが」

「恐れ入りますが、許可はいたしかねます。ユリアン様、どうかご理解ください」

頼むような口ぶりだが、それは決定のようだ。

いつものセルジオなら、ユリアンの願いを渋々とでも聞いてくれただろう。だが今の彼は、どうしてなのかまったく譲ってくれる様子がない。

結局、街に下りることはかなわなかったが、その代わり、土産物については希望ができた。帰国予定の前夜、大臣の使いがやってきたのだ。

「各国からいらした使者の皆様に、ぜひともサビーナの品を持ち帰ってほしいと、女王陛下が王宮の広間に場を用意しております」

どうやら何か土産物を選ばせてくれるようだと知って驚く。恐縮しつつも、大臣が寄越した使いの案内で、ユリアンは部屋を出る。知らせがいったようで、すぐにセルジオがやってきて同行し、マチルダもついてきた。ヨラントにも声をかけてみたが、彼は荷物の整理がしたいので部屋に残ると言う。

案内された王宮内の広間に入って、ユリアンは驚いた。そこでは、商人が敷物や机の上に商品をいっぱいに並べ、さながら小さな市場のようになっていたのだ。

「すごい！」

思わず今の状況も忘れ、セルジオを振り返ってユリアンは顔を輝かせた。彼もぎこちなくだが笑ってくれる。

「ユリアン王太子殿下、お待ちしておりました！　すべて御用商人です。どうぞお好きなものをお選びください」

待っていた大臣が朗らかにユリアンたちを迎え、商人とともにサビーナの特産品の案内をしてくれる。土産物は諦めるしかないかと気落ちしていたが、まさかこんなふうに場を設けてもらえるとは思わずユリアンは胸を躍らせた。これで皆への土産物が買える。

レオンハルト夫妻とクラウス夫妻、小さな二匹とルルにあげる菓子、それから両親、ルイーザと教師、いつも世話になっている使用人たちと、ホーグランド大臣にも買っていかないと泣いてしまうかもしれない。改めて数えてみると、かなりの人数になって慌てたが、なかなか来る機会もないしと、思い切って奮発すると決めた。ルイーザに似合いそうなサビーナ特産の真珠のついた可愛らしい宝飾品や、色鮮やかな織物、お守りに菓子など、皆に喜んでもらえそうなものをじゅうぶんな数見繕うことができた。

各国から招かれた招待客の中には、同じように街に下りる機会がなかった者がいたのだろう。広間にはユリアンたち以外の姿もぽつぽつとある。

ふと気づくと、マチルダも土産物を吟味しているようだ。

(あ……もしかしたら、一緒に街に下りようとしたのは、監視のためじゃなくて、単純に土産物を選びたかっただけなのかも……?)

滅多に来られない隣国だ。彼女にも家族がいるのだから、土産を買い求めたいと思うのは当然だろう。だとしたら、監視の役目を担う彼女とはできるだけ距離を置きたくて、別行動をしたいと思っていた自分が申し訳なくなる。セルジオの部下たちも、空き時間は自由行動だったはずだが、何か土産物は買えたのだろうか。

「すみません、あの女性が選んでいるものも一緒に入れてください」

商人に頼み、マチルダが眺めていたいくつかのお守りや小さな真珠のついたネックレスなどもまとめて購入させてもらう。ヨラントや同行してくれた軍の者たちにも真珠が入っているというお守りを選んだ。あとで今回の旅で世話をしてくれた礼として渡してもらうつもりだ。

最後に支払いをしようとしたところ「お支払いは女王陛下が持たれますので結構ですよ」とほくほく顔の商人に言われてしまい、ユリアンは仰天した。

「そ、そんな……駄目です」

たくさん積んでしまったし、特に宝石類は綺麗だったから、値段も見ずにあれこれと選んでしまった。

選んだ品は王宮の使用人が部屋に運んでくれることになったけれど、一抱え以上もあるユリアンの土産の量を見て、マチルダが目を丸くしていたほどだ。

今回の旅のための予算はかなりの余裕を持って組まれている。ユリアンには金のかかるような趣味も交友関係もないため、小遣いも今選んだ土産物の代金を支払えるだけの余裕はある。即位したばかりのアデリナ女王の懐を痛めるわけにはいかない。

「どうか払わせてください」と頼んでも、商人は「いえいえ、受け取れないんですよ。我々が怒られてしまいます」と困った顔で金額を教えてはくれない。ユリアンが困り果てていると、セルジオがそっと耳打ちしてきた。

「この場はありがたくいただいて、後日エスヴァルドから改めて返礼をなさるのがよろしいかと」と耳打ちされ、慌てて頷く。商人に礼を言って、あとで女王陛下にお礼を送らせてもらいます、と伝えると、ホッとした顔をされた。

（セルジオがいてくれて良かった……）

クラウスのそばに控え、諸外国を訪れた経験も豊富な彼の助言は心強いものだ。

「あ、ありがとう、セルジオ」

いいえ、と言い、彼はすぐにユリアンから距離を取ってしまう。それを切なく感じながらも、ユリアンは自分が王太子としてまだ勉強すべきことがたくさんあると痛感する。

土産物選びに付き添ってくれた大臣は、王宮の使用人と、ユリアンが選んだ商品の梱包とそれを運ぶ部屋の場所について話しているようだ。彼に挨拶をしてから部屋に戻ろうと考えていると、ユリアンが一番たくさん土産物を選んだ店の商人が、にこにこしながら声をかけてきた。

「いやあ、王子様のおかげでうちは大繁盛ですよ！」

それを聞いて、彼の隣に商品を並べたサビーナの民族衣装姿の若者が、慌てたようにユリアンに声をかけてきた。

「王子様、うちの品も見てってくださいよ！　サビーナ王室御用達の皿ですよ!!」

「すみません、もう荷物をまとめてもらっているので……」

綺麗な模様の皿なので、本当なら何枚か買いたいところだが、そうすると更なる支払いが女王陛下のところに行ってしまう。すまない気持ちで断ると、若者は「そんなこと言わないで、どうか見るだけでも」と言って、ユリアンの腕を引こうとした。

「わ……っ」

その瞬間、背後からぬっと手が出てきて、ユリアンの肩を抱く。一瞬のあと、ユリアンは背後に付き従っていたセルジオに抱き込まれるようにして、若者の手から引き離されていた。

「このお方に気安く触れてはなりません」

「あ、す、すいません」

低く放たれたセルジオの言葉に、若者が慌てて謝ってくる。

「セルジオ、僕は大丈夫だから」

急いでそう言い、彼の腕の中から逃れる。何か問題があったかと大臣が慌ててすっ飛んできたので、何も問題はないことと、それから若者に驚かせた詫びを伝える。

その後、大臣がわざわざ部屋まで送ってくれながら、なぜか謝罪してきた。

「警護の方の反応もごもっともです。商人たちの身元は確認したのですが、無作法な者がいて大変申し訳ありません。私からもお詫び申し上げます」

「いえ、何事もなかったので、どうかお気になさらないでください」

先ほどは腕を掴まれただけだ。セルジオがやや過剰反応に思えたユリアンには、何がごもっともなのかがわからずにそう言うと、大臣は声を潜めて話した。

「ごく一部ですが、反新女王派の者たちがおりまして……先月起きた市場での王族襲撃事件については、すでに犯人も全員捕らえられておりますので、どうか帰路についてはご安心ください」

「え……」

初めて聞く話にユリアンは驚く。

「戴冠式は万全を期して行われましたが、最後にこのようなことになってしまい、殿下には心からお詫びを申し上げます」

思わずセルジオを見たが、彼は目を伏せたままだ。彼がなぜ、この旅の間ずっと気を張っていたのかがやっと腑に落ちた気がした。

大臣と別れ、マチルダとともに部屋に入る。うずうずして、ユリアンは先ほど入ってきたばかりの扉から再び通路に出る。そこには、部下と話をするセルジオがいた。

「どうかなさいましたか？」

気遣うように訊ねられて、思い切ってユリアンは口を開いた。

「あの……さっきは守ってくれて、ありがとうございました」

心からの感謝の気持ちを伝える。すると、かすかに目を瞠った彼が、ほんの少しだけ表情を緩めた。

「礼には及びません。命をかけてあなた様をお守りするのが、私の仕事ですから」

儀礼的な答えには少々落胆したけれど、ユリアンは心の底から安堵していた。

彼が警戒を強めていた理由が、先ほど聞いた事件のせいだったとわかったからだ。事件のことを伏せていたのは、怯えた自分が外交に支障をきたさないようにと気遣ってくれたためだろう。

もちろん、彼の態度の変化の一部は、自分が送った手紙のせいもあるかもしれないけれど——それについては、帰国してから話すしかない。

彼との距離を詰めることはできなかったけれど、王太子の公務としては、予想以上に得るものの多い旅だった。

祝いの品を渡して空いた馬車に、山となった土産物を詰め込む。名残惜しく見送る女王たちに礼を伝えて、サビーナ国をあとにする。

高揚と落胆の間を忙しく行ったり来たりしながら、ユリアンの初めての外交の旅は幕を閉じたのだった。

＊

帰国後、午後の茶の時間に、ユリアンはレオンハルトたちの部屋を訪れた。

報告については、本来は執務室に赴いてするべきだったが、兄のほうから「ナザリオたちも話を聞きたがっている」と言われ、国王夫妻の部屋に招かれたのだ。

まずは戴冠式と旅についての報告をする。それから、アデリナ女王から預かった手紙に、ヴィオランテのダヴィド王太子からの手紙も渡した。

「ダヴィド殿下と会ったのか。アデリナ女王も大変喜んでくれたようだ。長旅ご苦労だったな」

二人からの手紙を開いたレオンハルトは、満足げに頷いてくれた。

労りの言葉を受け、無事に務めを終えられたことにユリアンもホッとした。ダヴィドからの手紙を渡されたナザリオは、「ダヴィド殿下も、ユリアン様にお会いできてとても光栄だったと書かれています」と笑顔で言う。彼とは宴の席次が隣で、とても良くしてもらったことを伝える。

「それからこちらは、女王陛下からナザリオ様にと渡されたものです」

アデリナは、レオンハルトの戴冠式でこの国を訪問したとき、ナザリオが小さなキツネのような見た目の生き物を二匹飼って、とても可愛がっているという話を聞きつけたらしい。

しかも、その生き物たちは甘い菓子が大好物だと聞いて、国で記念日に食べる美しい干菓子を、ぜひ王妃殿下とその子たちへの土産にと用意していてくれた。

「わあ……なんて綺麗なお菓子でしょう」

目を輝かせたナザリオの膝の上には小さな二匹がいて、彼と同じように真ん丸の目をきらきらさせ、菓子の箱を覗き込んでいる。

「サビーナの女王様がピーノとロッコに下さったんだって」

ナザリオが優しく言うと、二匹はわかるのか、大はしゃぎであちこちを駆け回っている。

これも、とユリアンが二匹のために選んだ菓子の箱も出すと、ピーピーキュルキュルと鳴きながら喜んでいるようだ。

「ほら、二匹ともユリアン様にもお礼を言わなきゃ」

ナザリオがそう促すと、ソファに腰かけたユリアンの前までやってきた二匹は、テーブルにぴょんと跳び乗る。まるで本当に礼を言うかのように、胸の前で小さな前足を合わせた。

(か……かわいい……！)

あまりの愛らしさに、ユリアンはもう悶絶寸前だ。触っても構わないかとナザリオに確認を取ってから、そっと指先を出すと、揃って小さな前足をちょんと乗せてくれる。

「本当にお利口な子たちですね」と二匹を褒め称え、ユリアンは可愛らしい前足を眺めながらうっとりした。それから、兄夫婦に見繕ってきた土産物を渡す。敷物や真珠のお守りや貝殻を使った飾り物などの品を、兄は興味深げに受け取り、ナザリオも一つ一つ大事そうに開けて、どれもとても喜んでくれて嬉しかった。

土産物の代金を払わせてもらえなかったことと、セルジオの助言で返礼品を贈りたいと考えているという話をすると「それがいいだろう」と兄も頷いてくれた。

使用人が運んできた茶とともに、サビーナから持ち帰った菓子を皆で食べる。

見た目は花や鳥を模していてとても綺麗だが、まるで粉砂糖を固めたような味で、かなり甘い。

二匹は大変気に入ったらしく、一口食べてはキュウキュウと謎の鳴き声を立て、また食べては歓喜の踊りをして大喜びしている。

二匹が小さな前足で菓子を掴み、ぽりぽりと可愛い音を立てて美味しそうに食べるのに、ユリアンは目を細める。

このあとは土産物を持ってクラウス夫妻のところに、それから母の元にも挨拶に行かねばならない。

訪問する順番は礼儀として当然のことだが、母に会うとなぜ真っ先に来なかったのかと怒られそうで、今から少しばかり憂鬱だった。今回の旅では、特に失態はしていないと思うけれど、同行したマチルダが何をどう報告したかと思うと気が重くなる。

その前のひととき、可愛い二匹を眺めてユリアンが心を癒やしていると、ふとナザリオが訊いてきた。

「ユリアン様。そういえば、何度も占いの予定が変更になってしまって、大変申し訳ありません」

「い、いいえ、気にしないでください。それに、どれもナザリオ様のせいではありませんし」

ぎくりとする。ユリアンは彼に占いを頼みたくて、これまで何度か予定を組んでもらったことがあった。

皆切望しているのだから、王族の特権は使わず、順番通りに待ちたい。そう言ってユリアンは、殺到する占い希望者たちをまとめているホーグランド大臣に頼み、一般の人々と同じ枠に入れてもらい、彼がこの国にやってきた昨年からその日を待ち侘びていたのだ。

だが、ようやく順番が回ってきた日に、ナザリオが拉致をされるという恐ろしい事件が起きて、彼が怪我をしてしまったり、また次のときには、彼の側仕えだったティモが大怪我をして、突如としてナザリオたちがフィオラノーレに向かうことになったりと、やむを得ない事情で予定が組み直しになることが続いていた。

二度そんなことが続いたあとで、クラウスとティモの結婚が決まった。そして、母から早々の結婚と跡継ぎ作りの命令が下され——ユリアンは運命の相手を占ってもらうことを諦めたのだった。

「お待たせしたのですから、先にユリアン様をとホーグランド大臣にはお伝えしてあったのですが……本当に、もう占いは不要なのですか？」

「は、はい」

「そうですか……」

彼はすまなそうに目を伏せる。二匹を構っている兄は、黙ったままだ。

それをちらりと見てから、ふとナザリオが首を傾げた。

「ユリアン様は王族なのですから、本来はもうずっと前に順番が回ってきていたはずです。なぜ特権を使われないのでしょう？」

不思議そうに訊かれて迷ったが、正直に答えた。

「ナザリオ様に運命の相手を占ってもらうことは、未婚の者は誰もが楽しみにしています。特に、結婚適齢期が近い令嬢などは切実に待っていると聞きます。皆順番を待っているのに、王族の特権でずるをするのはよくないと思って」

顔見知りの貴族たちから頼まれて、何度かホーグランド大臣に口添えしたことはある。ルイーザにも頼まれたのだが、「ユリアンも一緒に占ってもらいましょうよ」と誘われて、親しい友人である彼女には、自分の考えを正直に伝えた。すると、彼女も特権を使わずにちゃんと順番を待つと言い出し、そのせいで、運命の相手を占ってもらうまで一年以上もかかってしまったのだ。ユリアンが彼女を友人としてとても好きだと思うのは、そういうところだった。

これまで優先された人生を送ってきた自分は、人々の前に割り込むようなまねをすべきではない。

その気持ちを説明すると、ナザリオはなぜか静かな目でユリアンを見つめた。

(ナザリオ様は、本当にお綺麗だな……)

琥珀色の彼の目には深みがあり、なんとも言えないほど美しい色をしている。小作りな色白の顔立ちと淡い色の髪は、若い頃からその美貌を称賛されてきたユリアンの母とはまったく違う系統の美で、清らかな空気を纏っている。背中に天使の翼が生えていないのが不思議なくらいだ。

ユリアンたち息子にはほとんど興味がなかった父ルードルフは、どういった経緯でか、彼にだけは心を開いているらしいと聞いた。

しかも、小さな二匹を連れた彼はたびたび父の部屋に招かれ、打ち解けて話をしているという。知ったときはかなり驚いたし、父から顧みられることのない末息子の身としては、正直羨ましくもなった。

しかし、こうしてナザリオ自身と向き合ってみると、そんな気持ちはどこかに消え去ってしまう。父の気持ちもわかる気すらするのだ。

ナザリオは、見た目も纏う空気も、普通の人間とは違っている。だが、冷たいというわけではなく、むしろ隠している心の内をすべて打ち明けてしまいたくなるような、どこか不思議な温かさがあるのだ。

彼の祖国であるフィオラノーレに多額の支援をするという話を聞いたときには、ユリアンは驚いた。エスヴァルド側の人間から見ると、遠方にある彼の国は、じょじょに周辺国に攻め込まれて弱体化し、滅びゆく未来がすでに見えていたからだ。

そんな中、大国の王太子を動かし、莫大な支援を引き出して、ナザリオは困窮していた祖国を救った。けれど、目の前にいる彼には、そんな損得の感情はみじんも覗けない。

常に貧富を問わず人々に接するといわれている彼は、兄の伴侶、王妃というより、何か使命を持ってこの国に舞い降りた、天からの使いのようなのだ。

きっと、大国の王として何もかもを得たあとで体を悪くした父も、異国から来た小さな二匹と聖なる神官に会い、深い癒やしを感じたのだろう。

頭の中でそんなことを考えていると、寄ってきた二匹を撫でながらしばらく黙っていた兄が口を開いた。

「予定変更が続いて単に諦めたということなら、今日、これから占ってもらうというのはどうだ？」

「え……」

驚いてユリアンがナザリオを見ると、彼も微笑んで頷く。

「実は今日、占う予定だった方がお一人、体調を悪くされたのです。事前にわかるときには次にお待ちの方をお呼びしてもらうのですが、今回は間に合わず……ですから、もしユリアン様さえよければ、ぜひ占わせてほしいと思います」

突然の申し出に、ユリアンは戸惑った。

——確かに、自分は彼の占いを切望していた、けれど。

「あの……実は、もう、いいんです」

迷いながら言うと、ナザリオが困った表情になる。兄の前なので少し言いにくかったけれど、うまく誤魔化すことができず、ユリアンは相手の名前だけは伏せて、本当のことを話した。

「僕……この人が運命の人だったらって思う人がいたんですけど、勝手にそう思い込んでいただけみたいで。だから、お相手を占ってもらう必要がなくなってしまったんです」

ユリアンは、彼の占いで、セルジオの姿が見えてくれたらと願い続けてきた。

だが、せいいっぱいの気持ちを綴って送った手紙に、彼が気持ちを返してくれることはなかった。

旅から戻ったあと、まだ彼とは顔を合わせていない。今でも考えるだけで胸が痛くなるほど好きだし、きっとそう簡単に諦めることはできない。

——それでも、自分の運命の相手は、彼ではなかったのだと、もうよくわかっている。

「そうだったのですか……」

悄然として言うナザリオは、無理にその名を聞き出そうとはしない。どこか助けを求めるように、伴侶のほうを見る。うとうとしている二匹を抱えて寝かしつけている兄が、小さく頷いたように見えた。なんだろうと思っていると、ナザリオが再びこちらを見て口を開いた。

「少し前のことなのですが、占いに関して、ユリアン様と同じことをおっしゃって、お断りになった方がいたことを思い出しました」

「クラウスが、セルジオも占ってもらったらどうだと話を振ったんだ」

レオンハルトが出した名に、ユリアンは心臓が止まりそうになった。

「セ、セルジオが？」

「ああ。彼は『自分に占いは必要ありません』と言っていた。ダルザス家は長男が跡を継いでいるから、結婚を急ぐ必要はないという意味だろうか。それとも——もう相手が決まっているという意味なのかな」

兄の言葉に、ナザリオは神妙な面持ちで「どちらなのでしょう」と言う。

——セルジオは、誰もが望む奇跡の神官である彼の占いを断った。

（……いったい、なぜなんだろう……）

その理由はいくつか思いつく。けれど、考えたくない。

ユリアンの胸を、悪い予感がよぎった。


翌日には、帰国の知らせを受けたルイーザが城にやってきた。

ユリアンは奥の部屋に保管していた中から、彼女への土産物を取り出してくる。しかし、待ち望んでいたはずの土産に目をくれることもなく、茶を運んできた使用人が下がるなり、ルイーザは持っていた本の間からずいと何かを取り出した。

「今朝、セルジオ兄様から『お前宛ての手紙が挟まっていたぞ』ってこれを渡されたのよ。

書いたのは、ユリアンでしょう？」

ぜったいにわたし宛てじゃないわよね？と言いながら、ルイーザは困惑顔だ。

急いで受け取って、確信する。彼女が差し出したそれは、確かにユリアンが悩んだ末に書いて七巻に挟んだ、あの手紙だった。

「これは、セルジオ宛てだよ……！」

なぜ彼に誤解されたのかと青くなってから、ハッとしてユリアンは気づく。

「ぼ、僕……宛名を書いてなかったかも……」

差出人の名前をイニシャルにしたのはともかく、セルジオへ、と書いておかなかった自分を殴りたくなる。

やれやれ、というようにルイーザはため息を吐いた。

「本の間に挟まってたって言うから、それはぜったいにわたし宛てじゃない、きっとお兄様宛てよってちゃんと言ったんだけど、セルジオ兄様は頑なに『いや、これはお前宛てだ』って言い張るのよ。もう、こんな手紙を書く勇気があるなら、どうしてお兄様の名前を書いておかなかったの!?」

ルイーザは叱咤しつつも呆れている。ユリアンは項垂れた。

「だ、だって……書いたときは、まさか、君宛てと間違われるなんて思いもしなかったから……」

「ああーもう、お兄様はこうと思ったら、本当に引かなくて、とんでもなく頑固でわからず屋なのよ！　わたしが何を言っても無駄だから、ユリアンが直接『違う』って言わないと、きっと誤解されたままよ!?」

信じ難い状況に、ユリアンは血の気が引くのを感じた。

彼から距離を置かれているように思えたのは、先月サビーナで起きたという事件を聞き、警護に集中していたせいもあるだろう。

しかし、それだけではない。あの態度から察するに、セルジオには差出人が誰なのかということはすぐにわかったはずだ。だが彼は、それが自分宛てではないと思い込んだ。

つまりセルジオは、ユリアンが妹に求愛したと思ったのだと気づき、愕然とした。

大事な妹に手を出そうとしていると誤解され、彼に警戒されてしまったのだろうか。事実はまったく違うのに。

驚愕しながらも、ともかくサビーナで選んできた土産をルイーザに渡す。女王陛下の配慮のおかげで、彼女には真珠のネックレスと菓子をいくつか見繕うことができた。

「わあ、なんて素敵なの！　お菓子も可愛いし、とっても美味しそう。ユリアン、ありがとうね」

彼女は喜んでくれるが、いつものように大はしゃぎしないし、どこか元気がないようにも思える。

「ルイーザ、どうかした？　もしかしたら、この手紙以外にも、僕が留守の間に何かあったの？」

いつも元気いっぱいな彼女の様子が心配になって、ユリアンは訊ねる。

「うん……、あのね……」

何か言いかけて、ルイーザは言葉を濁す。

「ごめんなさい、ちょっと……まだ確信が持てなくて」

わかったらすぐに話すから、と言って、ルイーザは話をそらすように、少しだけ旅の話を聞くと、珍しく長居はせずに席を立つ。なぜか逃げるように帰ってしまう彼女に、ユリアンは首を傾げた。

＊

ルイーザの様子は気になったけれど、帰国後はあれこれと用が山積みで、ダルザス邸を訪ねることもままならない。そもそも、万が一そこでセルジオと鉢合わせでもしたら、彼の誤解に拍車をかけてしまいそうで、身動きが取れなかった。

ルイーザには手紙を出そうと決め、ユリアンは、まずは早急にアデリナ女王陛下への返礼品を見繕うことにした。それから、旅の話を聞きに押し寄せる親戚たちの相手をしたり、世話になっている人々に順番に土産を渡して回ったりと、雑務に追われた。

旅のため、いったん休みになっていた授業も再開された。

歴史の教師から教わるべき内容が一段落したところで、今度は戦術に関する授業も受ける必要がある。

母はユリアンが学ぶ相手を誰にするか、一族の者の中から吟味していたようだが、ユリアンは思い切って「学者ではなく、現役の軍人に話を聞きたい」と頼み込んだ。

初めて自国の外に出て、外交の一歩を踏み出したばかりのユリアンは、歴史を知る重要性を感じた。それとともに、今現在この国に必要なことを知りたいと強く思ったのだ。

常に流されるままの末息子が意欲を見せたことで、母も珍しく希望を聞いてくれた。

王立軍に打診をした結果、従兄のクラウスが教師役を買って出てくれた。

クラウスは現在二十六歳、王立軍でトップのレオンハルトの右腕だ。王族でかつ現役の軍人でもあり、様々な意味において国内外の状況にはかなり精通している。

これまで歴史を教わっていた教師は父よりも高齢なほどで、昔話には事欠かないものの、現在の大陸やエスヴァルド国内の事情には無頓着なようだった。

一方クラウスは実際に国防に関わっているし、戦術の教師としてはまたとない人材だ。

「我が国の民は現在一千万人前後いる。そのうち常時軍務に就いている職業軍人は約三千人ほどだ。有事には戦える年齢の男たちを招集して、最大で一万人程度になるだろう」

穏やかな天気の午後、ユリアンの部屋にクラウスの聞き心地のいい声が響く。

「さて、この状況で、たとえば隣国ヴィオランテとの関係が悪化し、戦が勃発したと仮定しよう。隣国の軍が国境を破り、王都リヴェラを目指しているという情報が入った。応戦している国境警備兵は苦戦中だ。その時点で我が国は軍を緊急招集し、早急にヴィオランテ方面に向かわせて、進軍を阻む必要がある。だが、運悪く今はレオンハルトも私もそれぞれが遠方の国境視察に出ていて不在だ。とんぼ返りをしても、ヴィオランテ軍が城に攻め入るまでには間に合わない」

状況を想像し、ぞっとしているユリアンの目を見て、クラウスが真面目な顔で言った。

「いい、ユリアン？　この場合、もし君が軍の指揮を執るとしたら、いくつの隊をどのルートで進めるかを考えてみて」

テーブルの上に広げた大陸の地図を見ながら、いくつかの駒をそばに置き、クラウスが訊ねてくる。

「一つの駒が中隊、約二百人だよ」この色が歩兵、この色が騎馬だと言われ、ユリアンは騎馬の駒を一つ、城から国境に向けてまっすぐに進めようとする。

「ヴィオランテとの間には小高い山がある。向こうの軍もここを越えては来られないから、むしろ迂回するほうが近道だ」

「そ、そっか」

そう言われて、ユリアンが急いで駒の進路を修正しようとすると、更にクラウスが止めた。

「それから、軍のスタート地点はこの城じゃないんだよ」

「え？」

「ヴィオランテとの国境は、この城から馬を飛ばせば五日ほどで着いてしまう。軍が攻め入ってくるとしても、国境さえ破れば、あとは一週間ほどあればじゅうぶんだ。王立軍を城から出していたらとても間に合わない。途中の街に軍の訓練施設があるから、国境を破られたらそこに指令を出して、ともかく足止めをさせなければ」

こことと、ここにある、とクラウスは間の街にあるという軍の施設に駒を置く。

そして、国境兵が応戦し、地方軍が食い止めている間に、王立軍を間に合わせるのだと言う。

「優先して守らなければならないのは、首都リヴェラとこの城だ。特に城は国の象徴で、王族の住まいでもある場所だから、何をおいても死守しなければならない。更に、一つの国が攻め入ってきたら、防戦している間に、別の国がその隙を突いてくる可能性がある。だから、西方から来るヴィオランテの軍を抑えながらも、南東のサビーナ国への警戒も怠ってはならない」

「そうなんだ……」

緊迫した状況を想像して、はーっと息を吐く。その様子を見て、クラウスが優しく言った。

「まあ、今はどこの国とも和平の取り決めを交わしている。だから、すぐに、ということはないけれど、戦争はいつ何時起こってもおかしくはないからね。それに、今はレーヴェも私もいるし、たとえ二人が不在でも、代理となるリカルドやセルジオがいる。だが、軍を動かすときには即、人命がかかっている。動かすのは駒ではなく、家族のいる生身の人間の命なんだ。だから、指示を下す者は、自分が何十万、何百万という民の命を背負っているのだということを常に深く認識していなくてはならない。選択を誤れば、多くの犠牲者が出る。だから、平時の今からあらゆる状況を考えて、事前に手を打っておく必要があるんだよ」

ユリアンは彼の話に真剣に聞き入る。クラウスは続けた。

「そういった事態が起こらないように、我々は日々備えている。そもそも、西方の国境はかなり厳重に警戒しているから、破られることもまずないだろう。脅かしてすまないね、とりあえずは安心して大丈夫だよ」

ホッとしてユリアンが表情を緩めかけたとき、彼が言った。

「ただ、万が一、悪条件が重なって、全員が戦場に赴くような事態になったり、最悪全滅したときには、城に残って皆を守るために指示を出さなくてはならないのは、王太子であるユリアン、君なんだよ」

ユリアンは強張った顔でぎこちなく頷く。

「そうだね、じゃあ今日はこの辺りにしようか。周辺国の地形と地図は、次の授業までに頭に叩き込んでおくといいね」

ユリアンが「わ、わかりました」と言って頷くと、彼は使用人を呼んで茶を頼む。

クラウスの話を考え込み、ユリアンはまだ頭の中がぼんやりしていた。

「僕……ヴィオランテ側の国境には、まだ行ったことがないや……」

「では今度連れていこうか。国境にあるジェナーロの街は、こぢんまりとしているけれどなかなかいいところだよ」

お願いします、とユリアンは頼む。

そもそも、今回のサビーナ行きは異例の抜擢だった。

自分はごくたまにしか城から出ることもなく、時々、レオンハルトやクラウスが狩りや遠乗りに誘ってくれたときについていくくらいだ。

そういえば、結婚後は少し城にいる時間が多くなっているようだが、それまでは国内の視察という名目で、レオンハルトやクラウスはたびたび城を留守にしていた。

何をしているのかいまひとつ理解していなかったけれど、気づけば彼らは広大な国内の主要都市すべてに足を運んでいる。二人が会話をしていると、街々の名はもちろん、地方領主や役人の名まで、当然のごとく頭に入っていてすごいなとユリアンは感嘆していた。

しかし、先ほどの授業を踏まえると、軍の配備に数や位置、それぞれに必要な武器や弾薬、更には兵糧など、有事を想定して備えておくことは山積みなのだ。

ユリアンは生まれてこの方、ただのんきに平和を享受してきた。先に生まれた彼らは軍に入り、自分と同じくらいの年から真剣に国防を考えてきたのだと思うと、身が引き締まる思いがした。

これまで、歴史に詳しい高齢の教師から昔の話を聞いていたときは、戦争はすでに終わった時代の話だったし、どこか遠いところで起きた無関係の話のように思えていた。しかし、実際に国防に関わっているクラウスの話を聞くと、にわかに過去の話が現実味を帯びた。戦になり、多くの命が失われるような事態を回避するために、各担当大臣たちやその下の役人は、常に各国の情報収集に明け暮れている。そして、レオンハルトやクラウス、そしてセルジオと彼らの部下たちも日々、国と国民の命を守るために力を尽くしているのだ。

わかっていたつもりだった王族としての責任が、改めて重く肩に伸しかかる。理解していたのは上辺だけだった。たとえ将来的に王位を継ぐことはなくとも、大国の王太子の身に課せられたものは、もっとずっと重い。

（……もっともっと勉強して、これからは、少しでも皆の役に立てるように頑張らなきゃ……）

初めて戦術の授業を受けて、ユリアンは決意を新たにした。

緊張していたせいか、アデルが運んできてくれた温かい茶の香りにホッとする。

クラウスは「ありがとう。いい香りだね」と微笑んでいる。赤面する彼女が頭を下げて退室してから、彼は優雅な仕草でカップに口をつける。

「戦術の教師と言われたから、こんな話になってしまったけれど、おそらくレオンハルトがユリアンに将来的に力になってほしいと望んでいるのは、外交のほうじゃないかと思うよ。

今回、サビーナ行きを頼まれたのもそのためだと思うし」

「そうなのかな」

「うん。私もユリアンは外交に向いていると思うよ。君は周囲の人を和ませるところがあるし、それは正直なところレーヴェに欠けている点だ。彼は軍人としては大変有能だけれど、全員が彼の性格では立ちいかない。外交も国防の一翼を担うもので、ぜったいに必要な役割だ。王家にいる者たちで足りないところをうまく補い合っていけたら、それに越したことはないよね」

クラウスがそう言ってくれて嬉しくなった。

お世辞かもしれないけれど、彼の言葉を素直に信じたい。

兄は細かいことをあまり言ってはくれないからわからない。けれど、もし彼もそう思ってくれているなら、国王の名代として王太子の役割をきちんと果たしたい。

「なんだかんだ言っても、今は我が国建国以来、おそらくもっとも長く他国との戦争のない時期が続いている。ヴィオランテの王太子殿下は、驚いたことにレーヴェの戴冠式の招待に快く応じてくれたし、サビーナとも今はいい感じに交易による繋がりができているしね」

クラウスの言葉に、ダヴィド王太子とアデリナ女王の顔が思い浮かんだ。

「戦争なんて大小にかかわらず起きないに越したことはないよ。内乱も今は収まっていることだし、地方軍を強化して、国内での争いはこのまま終結させたいところだ。弱みを見せずにいれば、周辺国が我が国に対して戦を起こすことをためらうだろう。大陸最大の国として、エスヴァルドには平和に対する大きな責任がある。このままの状況が少しでも長く続くように努めなければね」

茶を飲みながら、ユリアンもうんうんと頷く。

それから、優しい笑みを浮かべるクラウスをじっと見る。

エスヴァルド王国には、現在有力貴族が十三家ある。その中でも王家と近い四家が直参として名を知られ、権力を握っている。

主要四家は、前王と現王の側近で、長年国の中枢に仕えてきたホーグランド家。軍人の家系であるダルザス家。ユリアンの母の出身家であるルーヴァン家。そして、現国王レオンハルトの亡き母の出身家であるレニエ家だ。

どこの家も、王女が降嫁したり娘を王家に嫁がせたりと、王家とは深い繋がりがある。

家の格や財力、王家との近さとしては、筆頭がレニエ家、二位が同列程度でホーグランド家とルーヴァン家、そしてダルザス家と続く。

中でも、ホーグランド家とレニエ家は特に王家との血の繋がりが濃いため、前王の右腕だったホーグランド大臣は、第一王子の頃からレオンハルトを強力に後押ししてきた。

また、レニエ家とルーヴァン家は古くから因縁があり、レオンハルトの亡き母とクローディアのそれぞれの実家は長年対立している。

セルジオの実家のダルザス家は、ユリアンの母方の実家ルーヴァン家とは幸いにも友好的な間柄だ。

今日の教師役を務めてくれたクラウスの母の家は貴族ではないため、彼は強い後ろ盾を持たない。それでも、際立った美貌を持つ上に頭が良く、魅力的な王族であるクラウスを味方に引き入れたがる者は多く、逆に彼はどこの家にも顔が利く。

いつも飄々としていて誰にでも優しいクラウスも、複雑に絡み合った貴族たちの間でうまくやっていくために、裏ではいろいろと苦労しているのかもしれない。

歴史書によると、このエスヴァルドも、ずっと昔には、各国王族との婚姻によって他国との関係を深めようとしていたことがあった。

だが、結んだ血縁によって絆を深めるどころか、嫁がせた王女を人質にされて逆に戦争が起きたり、または他国に嫁ぐことを拒んだ姫ぎみが死を選んだりと、様々な出来事があった。

その結果、エスヴァルドは武力を高め、同時に対等な立場での外交で周辺国との和平を結ぶことに成功したのだ。

今、王家の者たちが政略結婚ではなく、真に愛する者と結ばれることができているのは、そんな数々の過去の不幸な事例の上に築かれたしきたりのおかげだ。

珍しく同性同士の婚姻が許されていることも、基本的に離婚が許されないという定めも、昔の国王が議会にかけて定めた法令だ。王家の古い歴史書を繙けば、どこかにそうなった経緯も記されているのかもしれない。

「ん？　何か質問でもある？」

ユリアンの視線に気づき、クラウスが促してくる。

戦術の話じゃなくてもいいだろうかと訊くと、もちろん、と彼は頷く。

「クラウス兄様……結婚して好きな人と暮らすって、どんな感じ？」

頭の中にセルジオの存在が思い浮かぶ。どうしても気になって、まだ新婚の彼に訊いてみた。

微笑んでいたクラウスが「そうきたか」と目を丸くして笑った。

彼はカップをテーブルに置くと、ゆっくりとソファに背を預ける。

今日のクラウスは青色の上着に金の縁取りが施された服を着ている。ユリアンよりも少し淡い色のさらさらの金髪に澄んだ青い目をした彼は、見慣れている身内の自分でさえも時折目を奪われてしまうほど、どこか神々しいほどの美貌の持ち主だ。

当然、どこに行っても注目の的で、彼に想いを寄せる者は数え切れないほどいたはずだ。

彼が結婚を国民に知らせた日には珍しくエスヴァルドに雨が降り、これは国中の若い娘たちの涙だといわれるほどの強烈な人気を博していたのだ。

「そうだね……結婚してからは、毎朝愛する人と一緒にいられる幸福を噛み締めて、夜眠りにつくときは、今日も彼が無事で、何事もなく過ごせたことを感謝する日々だよ」

艶やかな美貌には、結婚後、更に磨きがかかっているともっぱらの噂だ。おそらく、伴侶のティモが彼に幸せを与えているのだろう。

うんうんと頷きながら彼の言葉を聞いていると、クラウスが反対に訊いてきた。

「でも、私が君の年の頃には、正直言って結婚なんて面倒だと思っていたよ。誰かを心から好きになれる気がしなくて、もしかしたら、自分には運命の人はいないのかもしれないと悲観してもいたかな。でも、人生を一緒に歩みたいと思える相手がいるのは、いいものだよ。自分よりも幸せにしたいと思える人がいると、ささいな見えや欲がすべてどうでもよくなる。本当に大切なものだけが見えるようになるというかね」

「……クラウス兄様は、ティモさんのことが本当に好きなんだね」

そう言うと、彼は少し照れたように笑った。

「ティモは毎日、いろんなことに感謝しながら一生懸命生きている人なんだ。我々は恵まれた生まれだから、つい贅沢な暮らしを当然のように思ってしまいがちだけれど、彼を見ていると小さなことでも幸せだと思える。ティモに出会えて、私は幸運だったと思うよ。ユリアンはまだ十代なのだから、お相手はゆっくり考えればいい」

それは母が許さないだろうと思うと、つい表情が暗くなってしまう。

ユリアンの表情の変化に敏く気づいたのか、クラウスが気遣うように声を潜めて訊いた。

「……もし、結婚に関してクローディア様に何か言われているのなら、私が間に入ろうか？」

「う、ううん、大丈夫」

ありがとう、と言って、ユリアンは急いで笑顔を作る。

クラウスは本当に優しい。他には誰も、ユリアンにこんなことを言ってくれる人はいない。

もし自分が助けを求めたら、母とルーヴァン家に反感を買うとしても、彼はきっと何がしかの行動を起こしてくれるだろう。

母から早々に結婚相手を決めるよう命じられていることは、クラウスたちには相談できない。母は人の言うことを聞く性格ではないし、兄も従兄も毎日忙しい身だ。自分のことで、幸せな家庭を築いた彼らを煩わせたくはなかった。

「お母様のことは自分でなんとかするから……」

ユリアンの言葉に、クラウスはそうか、と呟く。少ししてから続けた。

「助けが必要なときはいつでも言ってくれ。ユリアンのためならどんなことでも手を貸してあげるよ。皆、君が幸せになることを願っているのだからね」
うん、とユリアンが頷くのを見てから、クラウスは部屋を出ていった。

＊

「良かった、来てくれて。前回はいきなり帰ってしまったから心配していたんだよ」

茶と焼きたての菓子を運び、アデルが下がっていく。扉が閉まるのを横目に見て、ユリアンはルイーザに茶を勧めながら言った。

「うん、なんだか頭の中がうまくまとまらなくて……ごめんね」

彼女はぎこちなく笑ってカップを手に取る。

様子を気遣う手紙を送ったところ、帰国の翌週の今日になってから、再びルイーザは城に足を運んでくれた。

茶を飲みながら当たり障りのない雑談をしたあと、ユリアンは「この間の話なんだけど……」と切り出す。

しばし迷った末に、彼女はやけになったように口を開いた。

「実はわたし、この間、ベネデット兄様とセルジオ兄様が、遅くまで話してるのを聞いちゃったのよ」

「どんな話をしてたの？」

ルイーザは言いにくそうに唇を噛む。それから、意を決したように顔を上げる。彼女はセルジオと同じ、碧色の目でユリアンをまっすぐに見据えて言った。

「ユリアン、落ち着いて聞いてね。それが……セルジオ兄様が、婚約をどうするかっていうお話で……」

（セルジオが、婚約……!?）

「で、でも、お相手とか、肝心の内容はよく聞こえなかったの。でも、これまでは縁談がどれだけ来ても断っていたから、兄様たちがこういう話をしてること自体が初めてで、わたしもびっくりしちゃって……あなたがきっとショックを受けると思うと、どうしても話せなくて」

悲痛な顔で、まだ何か言っているルイーザの話が頭に入ってこない。

予想外の事態に、ユリアンは目の前が真っ暗になるのを感じた。

＊

「――ユリアン、何があったのか、よかったら私に話してみないか？」

戦術の授業のために部屋にやってきたクラウスが、授業終わりにそっと訊ねてくる。

「なんでもないよ、ここのところちょっと寝つきが悪くて、寝不足なだけ」

笑って誤魔化すけれど、ここ数日ユリアンには穏やかな眠りが訪れない。だが、敏いクラウスにはお見通しだったようで、彼は無理に聞き出すことはせず、ただ気遣う言葉をかけてくれる。

本当に困ったことがあれば一人で抱え込まず、自分でもレオンハルトでもいいから、必ず周囲の者に頼るようにと言われる。従兄の優しさが身に染みた。

今日の授業が終わり、まだ少し心配そうな彼が部屋を出ていったあとも、ユリアンはセルジオの婚約話について考え続けていた。

ルイーザが落とした『セルジオ兄様が婚約するかもしれない』という爆弾は、ユリアンに大きな衝撃を与えていた。

考えてみれば、彼より年下のレオンハルトやクラウスが先に結婚しているほどだ。現在二十八歳のセルジオの元に、これまで見合い話が舞い込まなかったはずはない。

手紙での告白はルイーザ宛てだと誤解された上に、彼はこのまま、別の誰かと婚約してしまうかもしれない――。

二重の痛手で、初めての失恋の傷をどう癒やしたらいいのかわからない。

（……もう、剣の打ち合いを覗きに行くのもやめよう……）

そう決めて、図書室に行く必要があるときも、今は逆に彼が来る日を避けている。

だから、旅から戻って以来、まだセルジオには一度も会えてはいない。

ユリアンはいつも、彼の姿を遠くから見つめているだけで胸が躍った。今日はセルジオに会えるかもしれないと思うと、どきどきして気持ちが高揚した。

セルジオが眺めていた本棚をチェックして、少しも興味がない本でも、彼が読んだらしい本を読んでみたり、触れた本を撫でたりもした。

セルジオの愛馬と同じ血統の馬が欲しくて馬主を呼んで買ったり、彼が持っている剣と似た意匠の剣を誂えたりもした。

彼に少し近づけたような気がして、それだけで幸せだった。

――しかし、今ではもうなんの楽しみもない。

自分はこれまで、憧れのセルジオの姿を追いかけ、彼を心の支えにしてどうにか生きていたのだと、ユリアンはどんよりと沈んだ気持ちで思った。

「ねえユリアン、元気を出してちょうだい」

兄の婚約の話を伝えてしまった責任を感じているのか、ルイーザはこれまで以上に頻繁に城にやってくるようになった。

ユリアンが隣国に行っている間に読了した例の七巻の話や、新たに読んだ本の話などをして、必死に場を明るくしようとしてくれる。

茶と茶菓子を振る舞い、彼女の気持ちをありがたく思いながらも、ユリアンはどうしても前向きな気持ちになれずにいた。先日、母にサビーナ国のラウラ王女に手紙を書けとせっつかれ、あれこれと理由をつけて断ると怒鳴られ、厳しく説教をされたせいもあるだろう。

「元気だよ、大丈夫」

笑顔で何度言っても、ルイーザは「誤魔化したって駄目よ！」と少しも納得してくれない。

「眠れていないんでしょう？　その目の下の濃いクマが残る顔を見て、あなたの言葉を信じる愚か者はいないわ」

怖い顔で言ったあと、ルイーザはふと表情を和らげた。

「婚約の話、つい言っちゃってごめんね……でも、ちょっと聞き耳を立てただけだから、まだお相手もさっぱり何もわからないのよ。お兄様たちに訊いても、わたしには何も教えてくれないし……」

兄妹の中で、自分だけ蚊帳の外に置かれたと彼女は悔しそうだ。

「それに、セルジオ兄様も、ユリアンほどじゃないけど……なんだか様子が変なのよ」

そう言われると、ふいに、しばらく姿を見ていない彼のことが気になり始めた。

だが、再び会えばいっそう未練が募る。下手に王太子という地位にいるだけに、本気で手を回そうとすれば、彼の縁談を壊すことくらいできなくはないのが怖い。世話になった分も本来なら心から祝福すべきだが、もしそれがどうしても無理だとしても、せめて彼の幸せを壊すような最低な人間にはなりたくなかった。

ユリアンが考え込んでいるのを見て、ルイーザがいいことを思いついたようにパンと音を立てて手の平を合わせた。

「ねえ、そんなに落ち込むなら、最後に玉砕覚悟でちゃんと告白してみたら？」

ルイーザからは、これまでも散々、せめて手紙の誤解だけは直接解けとせっつかれていた。

「いや……もういいよ。どちらにしても、諦める時期が早くなっただけで……」

ユリアンは悄然として言う。

まさか、自分が結婚相手を決めなくてはならない期限より前に、セルジオのほうが婚約してしまうなんて思いもしなかった。

けれど、潤沢な資産と高貴な血筋を持つ、有力貴族の次男であるセルジオは、結婚相手としてほぼ完璧な条件を満たしている。

（……彼のような素晴らしい人が、まだ誰の伴侶にもならずにいてくれたことが、むしろ奇跡だったんだ……）

「ねえ、本当に本当に、諦めちゃっていいの？」

自分に言い聞かせていると、ふいにそう言われて視線を上げる。ルイーザは真剣な顔をしてこちらを見ていた。

「お兄様の婚約の件は、社交界にもまだ発表されていないでしょう？　本決まりの話じゃないなら、最終的になしになる可能性だってないわけじゃないと思う。だけどね、お兄様が誰かと結婚してしまったら、もうおしまいなのよ⁉」

――セルジオが結婚して、誰かの伴侶となる。

覚悟したはずなのに、想像しただけで胸が苦しくて、恥ずかしいことに泣いてしまいそうになった。

諦めたと言いながらも、自分はちっとも彼を諦め切れていない。

（仕方ない……だって、子供の頃からずっと、ずっと彼が好きだったんだから……）

項垂れたユリアンが黙り込むのを見て、ルイーザはきっぱりと言った。

「わたしがお兄様を引っ張ってくるから、最後に直接打ち明けたらどう？」

「い、いいよ、そんな……これ以上、嫌われたくないし」

ぶるぶるとユリアンは頭を横に振る。

誤解は解きたいけれど、手紙がルイーザ宛てではないとなると、セルジオ宛てだということを告白せねばならない。妹宛てだと思い警戒されていたなら、彼はユリアンが自分に好意を抱いているとは夢にも思っていないのだろう。

「中途半端に誤解されて、それで諦めて、死ぬ前に後悔しない？」

「だって、もしセルジオが時間を作ってくれたとしても、僕は口下手だし、うまく誤解が解ける気がしないから……」

問いかけられてぼそぼそと答えると、なぜかルイーザは余計に張り切った。

「だったら、わたしが二人きりでゆっくり話せる場を作ってあげる！　最低でも、ぜったいにお兄様の誤解だけは解かなきゃ。もしこのまま婚約が発表されたら、きっと悔いが残っちゃうわよ」

呆然としていると、ルイーザはユリアンを優しく叱咤した。

「もう、あなたは想い人が近くにいるんだから、告白ぐらいしなさいよ！　わたしなんてね、名前すらも分からなくて、告白しようもないのよ！」

ユリアンはぐっと詰まった。そう言われると、想う相手が誰かもわからない彼女の状況に比べ、自分はまだましだと思えてくる。

黙っていると、ルイーザは勝手にユリアンとセルジオを二人きりにさせる計画をどんどん詰め始めた。

――明後日の夜、ランカスター家主催の夜会が開かれる。

遊び好きな夫人が決めたドレスコードは、『身分素性を隠す仮面をつけてくること』、その一点だけだ。

ランカスター家の娘とも友人のルイーザは、招待状を二枚もらったそうだ。

「一枚あなたにあげる。一枚で二人まで入れるから、不安なら従者を連れてきても大丈夫よ。何か理由をつけて、その夜会にぜったいにお兄様を連れていって、必ず二人きりで話せるようにするわ。いい？　これが最後のチャンスよ!?　ちゃんと誤解を解いて、悔いのないように思いの丈を打ち明けるのよ！」

全力でユリアンを叱咤して、ルイーザは帰っていった。

（どうしよう……）

彼女に招待状を渡されたものの、夜会に行くこと自体初めてのユリアンの衣装部屋には、仮面もなければ夜会向きの衣装もない。調達するにしても、どんな服を着ていったらいいのかもわからない。八方塞がりだ。

『困ったことがあるときは言うんだよ』

弱り切っていたとき、ふとユリアンの脳裏に、いつもそう言ってくれる従兄の顔が思い浮かんだ。

＊

『友人のルイーザが誘ってくれたので、ランカスター家の夜会に行ってみたい』

夜会向きの服や仮面の調達に困ったユリアンは、悩んだ末にやむなくクラウスの元を訪ね、密かに打ち明けた。

「夜会か！　ユリアンもそういうものに興味が出る年頃になったんだな。いいね、きっと楽しめるよ」

クローディア様には内密で、急いで準備を進めよう、と彼はぱちんと片方の目をつぶる。

ユリアンの願いを叶えるために全面的に手を貸してくれることになった。

事前に、仮面がドレスコードの夜会であることを伝え、なるべくなら、その場で会った人にもすぐに自分だとはわからないようにしたいと頼む。

その希望を踏まえた上で、クラウスは早急にどこかから夜会用の衣装を何着かと、仮面や付け毛などを借りてきてくれた。

何種類かの夜会用の衣装の中から、淡いブルーが綺麗でウエスト部分を紐で締めるタイプの裾の長いものを選んだ。少し丈が長かったけれど、ティモも協力を買って出てくれて、ありがたいことに当日までに裾上げをしてくれることになった。

「――さあ、これで大丈夫ですよ」

付け毛をつけたユリアンの髪を丁寧に梳かしてくれてから、ティモが微笑む。

事前に口の固いヨラントに頼み、今夜はすでに休んだというアリバイ作りを頼んでから、こっそりとユリアンはクラウスたちの部屋に来た。

正体を隠すために、背中の半ばまである付け毛と、目元を隠すタイプの華美な仮面をつけて、薄化粧を施してもらった。鏡を見ると、ドレスのおかげでパッと見た感じはほっそりとした女性のようだ。どこから見ても、まず王太子ユリアンだとはわからない。これならおそらく、近しい知り合いに会ったとしても、仮面を奪われない限りばれずに済むだろう。

支度が済むと、ユリアンを見たクラウスは目を丸くした。

「いいね、とてもよく似合ってる！　すごく素敵だよ」

「そうかな……ありがとう、クラウス兄様、ティモさん」

少し照れながら鏡に映った自分を確認していると、背後にいるクラウスがティモを抱き寄せた。

「ティモ、手伝ってくれてありがとう。君が縫い物までできるなんて初めて知ったよ」

「いいえ、素人仕事なので、とりあえず縫えるというだけで特に上手ではないのです」

「そんなことないよ、とても綺麗に縫えているじゃないか。手伝ってくれて助かった、また君に惚れ直してしまったよ」

散々褒め称えられて、ティモが恥じらっている様子なのが微笑ましい。幸せそうな二人がユリアンは羨ましくなった。

「今夜はきっと引く手あまただろうから、念のため、私の部下の中から特に口の堅い者にランカスター家までの送り迎えと警護を頼んでおいた。夜会の場でも悪目立ちしないように、ちゃんと服装も揃えさせたから。本当なら私が同行したいところだが、そうすると、残念ながらすぐに正体がばれてしまいそうだしね」

結婚してもなお慕う者の多いクラウスが夜会に来たりしたら、それこそ大騒ぎだろう。

出発前に、クラウスはユリアンの肩にぽんと触れると言った。

「今夜は少し羽を伸ばして楽しんでおいで。でも、日付が変わる前には必ず帰ってくるんだよ？」

いいね、と言われてユリアンは頷く。

「うん、わかった。二人とも、いろいろ、本当にありがとう」

感謝の気持ちを込めてクラウス夫妻に礼を言う。

自分一人では、とてもこんなふうに完璧な準備はできなかっただろう。最後に外套を羽織り、クラウスたちに見送られて、彼の部下が待つ城の裏口に急いだ。

（夜会の場で、最後にセルジオとちゃんと話せるだろうか……）

不安と期待が胸の中で渦巻く。ユリアンは目立たないよう裏口を出る。そこで待っていた迎えの馬車に密かに乗り込んだ。

＊

初めて訪れるランカスター家の邸宅は、郊外の静かな場所にあった。

ユリアンは聞いたことのない名で、どうやら中流貴族のようだ。広くてよく手入れされた庭園に囲まれた家は立派な造りだ。両側に明かりが灯された瀟洒な門を入ると、前庭にはすでに何台もの馬車が停められている。

クラウスの部下のロマーノに付き添われて中に入る。緊張しつつ、入り口で使用人にドレスコードを確認される。招待状を出すと、すんなりと通された。

ホッとしつつ、邸宅内に足を踏み入れるなり、ユリアンは激しく動揺した。

（夜会って、こういう感じなの……!?）

二階への階段が両側に伸びるエントランスから、すでに顔を寄せ合って話し込んでいる男女がいる。

重厚な内装の邸宅内では、そこここで踊ったり、口説いて口説かれ、または二人や三人でどこかへ行こうとしている着飾った人々の姿があった。

初めて知ったが、夜会というのは、舞踏会以上に直接的な恋の出会いのための場のようだ。

つまりこの仮面のドレスコードや名を明かしてはならないというルールは、身元を明かさずに一夜の恋に興じるための決まりということなのかもしれない。

よく知らないまま、ただセルジオと話をするためだけに来てしまったユリアンは、あからさまに密着しているカップルに目を白黒させてしまう。

中に入ると、酒であろう液体で満たされたグラスを手にした人々の目が、ユリアンに向けられる。

その場にいる者たちと同様にちゃんとドレスコード通り、目元には仮面をつけている。視線を向けられると冷や汗が滲むが、しっかり変装もしているし、簡単にはばれないはずだと自分を勇気づける。

『入り口の辺りで待っているから』と言っていたルイーザの姿を捜していると、エントランスホールの壁際で男と談笑している令嬢にふと目が留まった。

肩を出した華やかなドレスを纏い、長い髪を下ろしているからパッと見ではわかり辛いけれど、明らかに令嬢のほうはルイーザだ。

「あ、あの……失礼します」

名前を呼ぶわけにもいかず、おろおろしながら声をかけると、彼女がこちらに目を向ける。

怪訝そうな顔でユリアンをじっと見て、それからハッとした。

「まさか、ユ……!?」

ユリアンは慌てて彼女の口を手で塞ぐ。それから、シーッ、と囁いて口の前に人さし指を立てる。この場で本当の名を呼ぶのはまずいと思い出したのか、ルイーザがこくこくと頷いた。

友達が来たからごめんなさい、と言い置いて、話していた男から離れ、彼女はユリアンの手を取る。

「――びっくりしたわ、すごく綺麗よ！　ええと……ユーリー？　今夜は大変身ね！」

周囲にばれないよう、ユリアンを適当な名前で呼び、上から下まで見回して、ルイーザは満面に笑みを浮かべる。

「あ、ありがとう、君もとても素敵だよ」

うふふ、と笑ってルイーザも礼を言う。今夜の彼女は、いつものお転婆さを完全に隠していて、まるで大人の令嬢のようだ。ルイーザが気になるのか、先ほど話していた男がまだこちらをちらちらと見ている。

「これならきっとお兄様も驚くに違いないわ。すぐには誰かわからないかも！　奥の部屋で待ってもらっているから、早く見せて驚かせなくちゃ」

楽しそうに言う彼女はユリアンの手を引き、ずんずんと奥に進んでいく。ユリアンは慌てて、やや距離を置いて付き添ってくれるロマーノを振り返った。

「一時間ほどでお迎えにあがります」と声をかけ、彼は入り口付近にいるという手ぶりをする。待たせて申し訳ない気持ちになりながら、ユリアンは急いで彼に頭を下げた。

邸内で着飾った客たちとすれ違いながら、ユリアンの手を引き、ルイーザはいくつもの部屋を通り抜けていく。あちこちで立ち止まり、談笑したり抱き合ったりしている人々を器用に避けながら、奥の部屋へと連れていかれる。

最奥の部屋には壁際にゆったりと座れるソファが据えられていて、ところどころ天井から垂らされた紗のカーテンで仕切られている。

かすかに人がいるとわかる端の席まで行くと、ルイーザはユリアンの手を引いたまま、ためらいなくカーテンをくぐった。

「お兄様、お待たせしました」

そこには、グラスを手にした羃め面の男がいた。

今夜の彼は、髪を軽く撫でつけ、瞳の色に合った濃緑色の上着を着ている。

目元を隠すシンプルな仮面をつけていると、いっそう顔立ちと瞳の色の美しさが際立つ。

いつもと印象は異なるけれど、彼を見つめ続けてきたユリアンには、その男が誰なのかすぐにわかった。

顔を上げたセルジオは、妹が連れてきたユリアンを見て一瞬固まり、すぐにハッとする。

「ルイーザ……!? この方を、こんなところに連れてくるなど……!」

抑えた声で怒鳴りかけたセルジオに、彼女は慌ててユリアンの背後に回って、その背をぐいと押し出す。

「お説教なら帰ってからいくらでも聞くわ。ともかく、今夜はユーリーの話を聞いてあげて! 彼には、お兄様にどうしても伝えなきゃいけないことがあるのよ」

そう言い置くと、兄から反論される前に、ルイーザは「話が終わった頃に迎えに来るから」と言い置いて、そくさとその場をあとにした。

もしかしたら先ほどの男のところに戻るのかもしれない。ここで彼女を一人にして大丈夫だろうかと心配していると、一瞬妹を追いかけようしたセルジオが、小さくため息を吐くのがわかった。

「ルイーザが『どうしても夜会に行きたい、一生のお願いだから』とうるさくせがむから、仕方なくついてきたというのに……」

この場に来ることも、ここで自分と引き合わされることも想定外だったであろう彼の呟きに、ユリアンは身を縮める。

「どうか、ルイーザを叱らないでください。すべて、僕を元気づけるために計画してくれたことなんです。彼女はとても友達思いだから……」

必死にそう訴えると、セルジオがふとこちらに目を向けた。

妹を連れ戻して説教することは諦めたらしい。彼は「……どうぞ、お座りください」と言って、ユリアンに座るよう促す。ユリアンはおずおずと奥に入り、壁際の隅に腰を下ろした。

失礼、と言って立ち上がり、いったんカーテンの外に出たセルジオは、使用人が運んできたらしい飲み物を二杯取って戻ってきた。

目の前に薄い金色の飲み物が入った脚付きのグラスが置かれ、ユリアンは礼を言う。

沈黙が落ちると、何を言ったらいいのかわからなくなる。

切実に手紙の誤解を解きたいと思っていたし、彼の婚約のことも気にかかる。

だが、実際にセルジオとこうして二人きりになってみると、ユリアンは何も言葉が出なくなってしまった。

最後の機会だと思って奮い立たせていた気持ちが、眉を顰めた彼の前に出た瞬間に、すっかり萎んでしまう。

黙ったままうつむいているうち、セルジオがぽつりと口を開いた。

「最初に見たときは、一瞬、どなたなのかわかりませんでした」

「夜会に何を着ていったらいいのかわからなかったので、クラウス兄様とティモさんにお願いして、用意してもらったんです」

ぼそぼそと言うユリアンに、セルジオが「そうですか」と頷く。

「……とてもお綺麗です」

驚いて顔を上げると、彼は隣にいるユリアンをじっと見ている。目が合った瞬間、心臓の鼓動が一気に速くなった。

（セルジオは今、綺麗だって言った……？）

耳を疑うが、聞こえたように思える言葉に、ユリアンの頬がじわじわと熱くなる。

「妹にはこんなにも美しい友人がいたのだろうか、と考えて、間もなく、変装したあなたなのだとわかりました。せっかく支度をされてこの場に着いたばかりでしたのに、とっさに不快な対応をしてしまい、申し訳ありません」

「い、いえ……あなたが怒るのも当然のことです」

だが、クラウスがちゃんと警護の者をつけてくれて、入り口まではロマーノと一緒だったことを伝える。

「でしたら帰りは安心ですね。念のため、この建物の中では私のそばから離れないでください」

頷いてから、一人で行ってしまったルイーザは大丈夫なのだろうかと心配になる。ユリアンが入り口のほうに目を向けると、彼が言った。

「ルイーザなら大丈夫です。外には我が家の御者もいますし、意に染まない誘いを受けた場合の対処方法は常々教え込んでありますから」

「そうですか……」

安堵すると同時に、セルジオにとって、もしかしたら自分は妹よりも頼りない存在なのかもしれないと気づき、思わずしょんぼりした。

ユリアンの落胆には気づかず、彼は思い出したように切り出す。

「先ほど妹が言っていましたが……私に話したいというのは、どのようなことでしょう？」

やんわりと促されたが、緊張で喉が詰まったようになって、すぐには言いたい言葉が出てこない。

慌ててグラスを取って一口飲むと、中身は少し甘めのシャンパンだった。

喉を潤してからも、必死に頭の中で話し出す言葉を考える。ユリアンがもじもじしているのを見て、しばらく待っていてくれた彼が、先に口を開いた。

「……ルイーザから、七巻に挟んであった手紙は、私宛てだと言われました」

突然、例の手紙の話を持ち出されて、ユリアンの肩がびくっとなる。

「違うはずだと説明したのですが、妹は引かなくて……しまいには、あなたが自分にこんな手紙を書くわけがない、彼はずっとお兄様のことが好きなのだから、と言い張るのです」

どこか困惑を滲ませた声音で言われて、泣きたい気持ちになる。

そうです、と自分の想いを認めて、この場で潔く玉砕するべきか。

それとも、違います、と心を偽って嘘を吐いたほうが、彼を困らせずに済むのだろうか
——。

「僕……僕は……」

そのとき、先日のルイーザの言葉が、ユリアンの鼓膜に蘇った。

〝死ぬ前に後悔しない？〟

十四年分の想いを伝えずに呑み込んだら、きっと死の瞬間、自分は後悔するだろう。

きちんと伝えて失恋しておけば、いつかセルジオの婚約や結婚も、心から祝えるようになるかもしれない——。

薄いカーテンの外にはかすかな香水の香りと酒の匂いが漂い、くすくす笑いとざわめきに満ちている。

今、この部屋にいる者は誰も、カーテンの奥に王太子ユリアンとダルザス家のセルジオがいることを知らない。

「……あの手紙は、あなたに宛てたものです」

緊張で引きつりそうな喉で、ユリアンは声を絞り出す。

膝の上に置かれているセルジオの指が、ぴくりと揺れた。

「恥ずかしくて、どうしても直接お伝えできなかったから……きっと、あなたは次に続きの巻を借りて読むだろうと思って、勇気を振り絞って、挟みました」

震える声で打ち明ける。

終わりだ、とユリアンは思った。でも、本人に直接伝えられたのだから、想い人を勘違いされることはない。

――これで良かったのだ。

しかし、「申し訳ありませんが、その想いには応えられません」と言ってユリアンを振るはずのセルジオは、なぜか、ずいと身を乗り出してきた。

反射的に尻でいざって後退る。壁際に追い込まれるかたちになり、ユリアンはこわごわと彼を見上げた。

「いつも私のことを想っている、と……?」

改めてあの手紙の内容を口に出されて、顔から火が出たように熱くなる。

誤魔化しようもなく、真っ赤な頬でユリアンはこくりと頷く。

彼の手が近づいてきて、頬に触れそうになる。

影になっていつもより濃く見える彼の碧色の目が、これまでに見た中で一番強い視線でユリアンを射貫いている。

しかし、触れる寸前でなぜかスッと手を下ろすと、セルジオは言った。

「――信じられません」

驚くような言葉に、ユリアンはぽかんとなった。

「ほ、本当です！　僕は、本当にずっとセルジオのことが好きで……っ」

焦って言うと、彼は小さく首を横に振った。

「あなたの気持ちを疑っているわけではありません。好意を抱いてくれている、というのは本当でしょう。ですが、どうか簡単にそんなことを口にしないでほしいのです」

セルジオは精悍な顔を少し苦しげに顰めて言う。

「あなたは国王陛下の弟ぎみで、かつ私の直属の上官の従弟でもあります。彼らが大切にしている末の王子殿下に対して何かしようとするなら、相当な覚悟がいるのです。もし、自分の勘違いなら、彼らに殺される覚悟か、もしくは軍を辞し国を出る決意をしなくてはなりません」

予想外の言葉に戸惑い、ユリアンは目を瞠る。セルジオが自分との身分差をそこまで重く捉えていたなんて知らずにいた。

「そんなこと……僕は、レオンハルト兄様とは腹違いの身ですし、それに、いつ王太子位から外されてもおかしくないくらい役立たずな王子なのに……」

だから、身分など気にしなくて構わないと言いたかったが、セルジオは譲らなかった。

「そんなことはありません」と言って、彼は苦い顔で息を吐く。

「あなたは、もしかすると軽い気持ちで綴ってくださった手紙なのかもしれませんが……」

「――違います」

それだけは誤解されたくなくて、ユリアンははっきりと言った。

「あれは、ずっと悩んで……悩み抜いた末に書いたものです。軽い気持ちなんかじゃ、ありません」

決して遊びで書いたものではない。自分がこの場で玉砕するであろうことはわかっているけれど、彼を想い続けてきた真剣な気持ちだけは否定しないでほしい。必死でそう言うと、セルジオはしばらく黙り込んだ。

「私は……あなたが好きなのは、ルイーザなのだと思っていました」

驚いた目を向けると、彼が苦笑いを浮かべる。

「お茶の時間に呼んでくださったときも、私は妹のついででしたし」

「ち、違うんです……！」

ユリアンはハッとして、その言葉を否定した。

「本当は、あなたをお茶に誘いたかったのに、うまく誘えなくて……ルイーザは僕の気持ちを知っていて、いつも応援してくれていたんです。だから、一緒に来ても、途中できっと席を外してくれるだろうって期待して……それで、二人で来てほしいと誘いました」

すると、セルジオはまだ半信半疑のような目で、じっとユリアンを見た。

「私は、自分が借りるであろう本に挟まれたあなたからの手紙を読んで……もしや、妹への仲介役を期待されたのかと思い、深く落胆しました。それでも、あなたの望みなら、その役目を全うするため、手紙を妹に渡さなくてはと思っていたのです。しかし、なかなか踏ん切りがつかず……サビーナへの旅の間はずっと、もうあなたへの想いは断ち切らねば、目で追うこともしてはならないと、ひたすら厳しく自分を戒めていたのです」

信じ難い話に、ユリアンは呆然とする。

――まさか、彼がそんな気持ちでいてくれたとは。

自分の中途半端な恥じらいや迷いからの行動が、彼に誤解をさせ、気持ちを勘違いされる原因になっていたのだと気づく。

彼はユリアンが好きなのは妹だと思い込んで、落胆していた――それはいったい、どういうことなのか。

ぐるぐると頭の中で考えていたそのとき、引っかかっていた大切なことを思い出した。

「あ、あの、セルジオ……僕、あなたに訊かなければならないことがあって」

「なんでしょう？」

訊く体勢を取ってくれた彼に、思い切って問い質す。

「婚約するかもしれない、というお話は、本当なのですか……？」

一瞬、面食らった様子のセルジオは、すぐに小さく笑った。

「ああ、妹がそう言っていたのですか？　聞き耳を立てて、長兄にあれこれと訊ねていましたが……我が家に来た婚約の話は、私ではなく、ルイーザへのものだったのですよ」

「ルイーザに!?」

やや呆れたように笑い、セルジオは事情を説明してくれた。

ダルザス家には、年頃となった妹宛てにいくつかの縁談が届き始めた。しかし、送られてきた肖像画をいくつか見せても、本人がいっこうにその気にならない。

そんな中、家柄と年齢の釣り合う貴族の子息から、『今のうちに婚約だけでも』という話が来て、当主であるベネデットとセルジオは密かに話し合ったそうだ。非常に良い話ではあるものの、無理に強いても反発が強くなるだけだ。まだ十七歳なのだし、本人が縁談を受ける気になるまでは好きにさせようという話になったのだが——その途中のやりとりを当の本人が盗み聞いてしまい、勝手に次兄の婚約話だと誤解した、というわけらしい。

「じゃ、じゃあ、あなたが婚約するわけじゃないんですね……」

安堵して言うと、ええと彼は頷く。

ルイーザにそんなに縁談が来ているなんて、初めて知った。

今日ここに連れてきてくれたことには感謝しかない。しかし、勝手な誤解で地の底まで落ち込み涙に暮れていたユリアンは、早とちりの情報を教えてくれた彼女を少しだけ恨んだ。

「失礼します」と言い置いてから、ふいに彼が手を伸ばしてくる。大きな手は、ユリアンの手に触れ、ぎゅっと握ってくる。びくっとしてユリアンはセルジオを見つめた。

彼はどこか思い詰めたような目をしている。

「ユリアン様。私は、今でもまだ、自分が都合のいい、おろかな勘違いをしているのではないかと不安なのです。あなたの気持ちが私と同じ類いのものなのか、どうしても確信が持てない」

自分の耳を疑う。彼の言葉に、ユリアンは激しい動揺を感じた。

何度反芻してみても、それは、彼もまた自分と同じ想いでいるという告白に聞こえるからだ。

そんな、まさか、と内心で狼狽えながら、必死で頭の中を整理しようとしていると、彼が決意するように、一つ息を吸ってから口を開いた。

「もし、本当にあの手紙に綴られたあなたの気持ちが真実だというなら……」

言葉を切り、彼はもう一方の手で、驚いているユリアンの頬に触れる。その手を少しずらし、ほんのわずかに親指をかすめるようにして、ユリアンの唇に触れた。

硬くて太い指が、少し開いていた下唇をそっと撫でていく。くすぐったさと同時に、淡い痺れが背筋を走った。

「口付けを許すと言ってはくださいませんか」

「え……」

予想していなかった言葉に、ユリアンは目を瞠る。

頬に赤みがさし、とっさに視線をそらす。

セルジオと口付けをする。もちろん、ユリアンにとっては願ってもないことだ。

何度も夢に見たし、彼のかたちのいい唇の感触を想像もした。

だが、答えないユリアンをどう思ったのか、少し焦れたような声で彼が言った。

「私に、あなたの気持ちが正真正銘、自分の誤解などではないと信じさせてほしいのです。もし、私と同じ気持ちだというのなら、どうか一言、『許す』と——」

そう言いながら、また指で唇に触れられる。

「ゆ、許します」

そう答えた瞬間、「無礼をお許しください」という囁きとともに、目元を覆っていた仮面を奪われた。すぐに頤に優しく指がかかり、そっと仰のかされる。

一度、彼の鼻先が頬を擦り、それから唇が重なってくる。

彼の唇は熱くて柔らかく、少し湿っている。確かめるように触れたあと、上唇を軽く啄まれて、吸われた。

壁際に追い詰められた状態で、背中をクッションに預け、ユリアンはほとんど真上を向く体勢で初めての口付けを受け入れる。

「ぅ……、ん……」

合間に漏れた声は、自分のものとは信じられないほど甘かった。

仮面をつけたままのセルジオの熱い吐息が頬にかかる。いつの間にか、彼の大きな両手がユリアンの頬を包み込んでいる。何度も熱心に唇を吸われてから、ふいにぬるりとしたものが咥内に入り込んできた。

セルジオの舌だ、と気づくと、戸惑いと興奮でカッとユリアンの体が熱くなる。

差し込まれた分厚い舌で、無防備な口の中を探られる。ちゅっと音を立てて舌を吸われ、濃厚な口付けに羞恥心が湧く。けれど、セルジオのすることを拒む気は少しも起きなかった。

竦んだユリアンの舌を誘い出すように擦り、彼の舌が搦め捕って吸ってくる。

舌同士を擦られると、えも言われぬ痺れがユリアンの体を貫く。座っていなければ膝から崩れ落ちてしまっていただろう。

いったいどのくらい口付けを続けていたのか。息も絶え絶えになった頃、ようやく彼が唇を離す。セルジオはユリアンの額にそっと労るようなキスをする。

ふいに彼がユリアンの背中に腕を回し、顔を覗き込んできた。

「私に、婚約してほしくなかったのですか？」

ユリアンはおずおずと頷く。

「……僕、聞いたとき、すごくショックで……胸が苦しくなって、」

もう何もすれ違いたくなくて正直にそう言うと、そっと体を引き寄せられる。逞しい彼の腕の中に閉じ込められて抱き締められ、驚きで呼吸が止まりそうになった。

「……まだ、夢を見ているようです。あなたの気持ちが私にあるとは……」

細身のユリアンを、彼の体がすっぽりと包み込む。腕は力強いのに、頬にかかるセルジオの囁きはかすかに震えている。

――僕も、まだ信じられない。

もう戻らねばという頃まで、ユリアンは薄いカーテンの奥で、セルジオの腕の中で過ごした。

ロマーノが迎えに来てしまう時間まで、セルジオは何度も口付けをしてくれた。
これが夢なら、もう二度と目覚めたくない。そんなふうに願うほど、恋した彼の腕の中で、
ユリアンは深く満たされていた。

＊

読んでいた本から目を上げると、部屋の窓から外を眺めて、ユリアンはため息を吐いた。

（もう今日で一週間か……）

せめてルルが来てくれたらと思うけれど、こんなときに限って姿を見せてはくれない。

捕らえた鳥を閉じ込めた籠のように、ユリアンの部屋の扉には外から鍵がかけられている。

外出を禁じられたユリアンは、母に命じられた使用人の手で、自室に閉じ込められているのだ。


——一週間前の夜、ユリアンは初めてセルジオの気持ちを知った。

仮装して訪れた夜会から戻っても、夢のような幸福が終わることはなかった。

翌朝は、ちょうど若手の会合が行われる日だった。

ユリアンは久し振りに城の塔に上り、兄たちと剣の打ち合いをするセルジオを眺めた。彼は目ざとくユリアンがいることに気づき、何度かこちらに視線を向け、去り際にはそっと小さく手まで振ってくれた。ぎこちなく微笑みながら、彼が向けてくれた特別な対応に、ユリアンは膝が砕けそうなほどに歓喜して、しばらくの間立ち上がることすらできなかった。更に、そのあとは図書室でも会えた。セルジオは別れ際にユリアンの手を取り、甲に恭しく口付けをしてくれた。

幸せすぎて、雲の上を歩いているような気持ちでいたが——その夜に突然、招かれざる客があった。

母の使用人のマチルダは、冷ややかな顔をしてこう言ったのだ。

「昨夜、ユリアン様は遅くまでこっそり夜遊びにお出かけになったそうですね。とても華美な服装でお戻りになったところを見ていた者がおりました。クローディア様は大変お怒りのご様子で、しばらく部屋から出ることを禁止されるとのことです」

あの仮装を目にした誰かによって、母に密告されたのだとわかり、背中から冷水を浴びせられたような気持ちになった。

しかし、母やマチルダに言い訳は通用せず、その瞬間からユリアンは、一歩も自室の外に出ることを許されなくなった。

それからというもの、食事はすべて部屋でとっている。家庭教師たちはいつも通り部屋にやってくるけれど、皆母に雇われた人間だから、ユリアンを助けてはくれない。

戦術を教えてくれるクラウスの授業だけは、軟禁状態に苦言を呈されるとわかっているからか、休みになっている。理由はユリアンの体調が少々悪いためだと伝えられているそうだから、クラウスが疑問に思うこともないだろう。

セルジオとは、夜会の翌々日から会えていない。朝の剣の打ち合いを見に行くことも許されないし、図書館に本を借りに行く自由すらない。

マチルダの話では、あの夜にユリアンが仮装をして出かけ、何をしていたか、また誰と会っていたのかまでは母に知られていないようで、それだけが救いだった。

子供の頃、何度かいたずらをしたときに、おしおきで同じように閉じ込められたことはあった。だが、この年になってまた罰を与えられたことをユリアンは苦々しく思う。おそらくだが、母はまだ自分を掌の上で自由にできる子供だと思っているのだろう。

部屋付きの使用人も、勝手に見知らぬ者と交代された。マチルダに王太后からの命令だと強く言い含められているようで、頼んでも部屋から出してはもらえないし、手紙すら届けてくれない。

つまり、兄も従兄も、そしてセルジオも、誰もユリアンがおしおきで部屋に閉じ込められているということを知らないのだ。

（いきなり僕が姿を見せなくなったから、セルジオがまた何か誤解しないでいてくれるといいんだけど……）

一日も早く部屋から出て、彼の顔が見たい。

反抗したり暴れたりすれば、母の怒りはいっそう膨らんで、出られる日が遅れるだけだ。だから、誰にも迷惑をかけず穏便に済ませるには、静かに耐えているのが一番ましなのだ。

これまでもずっとそうして我慢してきた。

ひたすら息を潜め、ユリアンは母の怒りが収まるのを待っていた。


軟禁暮らしも八日目になった。ユリアンはその日の午後、茶を運んできた使用人がなぜか青褪めた顔をしていることに気づいた。

「――君、どうかしたの？」

「何もございません」と言うけれど、ティーポットから茶を注ぐ手は震えている。

彼女は確か、元は母の部屋付きのまだ若い使用人だ。たとえ母の手の者であっても、様子がおかしいのは気にかかる。

「もし具合が悪いなら医師に診てもらったほうがいい。もしお母様に言い辛かったら、僕が手紙を書こうか？」

もしかすると、母が怖くて体調不良を言い出せないのかもしれない。そう思って申し出ると、突然、彼女は目に涙を浮かべた。

「実は、恋人が王立軍にいて……今回の、ゼランデル公国への進軍に参加する隊にいるようなのです……」

「進軍!?」

しゃくり上げながら言われて、初耳だったユリアンは衝撃を受けた。

泣きじゃくる使用人を椅子に座らせ、どうにか落ち着かせてからわかっている話を聞き出す。

――三日前、エスヴァルド北東側の国境付近で小競り合いが起き、地方軍がそちらに向けて動いたという知らせが城に届いた。

発端は、エスヴァルドとサビーナの両国にちょうど国境を接する、ゼランデル公国という小さな国の領地側だ。

詳しい戦況は不明だが、エスヴァルドからは明日の早朝にも王立軍の一部を出し、有事に備えるらしい。

使用人の話は寝耳に水だったが、兄がささいなことでも王立軍を出す理由は、ユリアンにも想像がついた。

「ゼランデルとの国境から程近い場所には、鉱山があるんだ。高価な宝石の原石が採れる……あの山は、ずっと昔はゼランデル領だったけど、二百年くらい前、戦に勝利したあとは我が国のものになっているから」

そもそもゼランデル公国は、長年の間、兄弟が大公の座を争っていて、政情が不安定な国だ。弟は現状維持を望み、兄は国土を広げようと躍起になっていると聞く。資源が豊富なため、周辺国から貿易を望まれているが、国を二分割するような争いを続けているおかげで、残念ながら輸出入量やルートもいまだ不安定なままだ。

エスヴァルドとも古くから細々と交易は続いているけれど、それは、兄弟どちらの大公にも気に入られて、顔が利く商人の一族がいるおかげだった。

泣いていた使用人は、絶望の表情を浮かべている。

「ここのところずっと平和でしたし、彼は軍人ですけど、まさか前線に配備されるなんて……私たち、来週結婚する予定だったんです」

おそらくその日を楽しみにしてきたのだろう、ユリアンは涙を零す使用人が哀れになった。

本人の病や家族の急病などでない限り、職業兵士が軍務から自己都合で外れることは難しい。ユリアンの口からレオンハルトに伝えて、彼を今回の進軍から外してあげてほしいと頼むことは可能かもしれないけれど、おそらく彼にとっては大きなお世話になってしまう。なぜなら、そんなことをすれば、それから先、軍の中での彼の出世は遅れるだろうから。

しばらくすると、どうにか彼女は落ち着きを取り戻したらしい。

「お騒がせしてしまい、申し訳ありません」

部屋を出て行こうとする彼女に、ユリアンはハッとする。「ちょ、ちょっと待って」と慌てて呼び止め、とある頼みごとをした。


「これを、クラウス兄様の従者であるロランドに渡してきてもらえないかな」

銀貨とともに渡したのは、二通の手紙だ。一通はクラウスに、そしてもう一通はロランド宛てだ。

おそらくは、今回の件に関する会議が行われ、その準備で皆が忙しくしている最中だろう。そのことを踏まえた上で、ユリアンは訊ねる相手にロランドを選んだ。

彼は馬の世話をするから、誰が国境に赴くのか、準備のため事前に知らされているはずなのだ。

できればその場で返事をもらってきてほしいと頼むと、母の使用人であるはずの彼女は迷った末に頷いた。ユリアンが彼女の体調を気遣い、打ち明け話を最後まで聞いたことで感謝の気持ちが湧いたらしい。「クローディア様には内密で」という約束で請け合ってくれて、ユリアンはホッとした。

すると、日が落ちてから、手紙を託した使用人が再びやってきた。彼女は夕食を運ぶとともに、こっそり二通の返事を手渡してきた。

一人になってから急いで開けると、クラウスからは感謝と体調を気遣う言葉が、そしてロランドからの返事には、ユリアンが懸念していたことが書かれていた。

『明日の早朝にゼランデル公国に向けて出発する隊は、クラウス様の配下にある隊の予定です』

（……じゃあ、きっとセルジオも行くんだ……）

まさかの事態にユリアンは狼狽えた。

もちろん彼は軍人なのだから、これは仕事だ。普通に見送りができるときなら、自分だってこんなに狼狽えることはないと思う。

けれど、長年片想いをしてきた彼と、奇跡的に想いが通じた夜以降、ユリアンはまだ一度もセルジオに会えていない。

こんな状況で、顔も見られないまま彼が国境に行ってしまうなんてと、目の前が真っ暗になる。

（出発前に、せめて一目でもいいから会いたい……）

今の段階では大きな戦ではないようだし、たとえゼランデル側が攻め込んできたとしても、大陸の覇者であるエスヴァルドに敵う国などない。クラウスもセルジオも、ぜったいに無事に戻ってくるはずだ。

けれど、戦地では何が起こってもおかしくはない。

だからせめて見送りだけでもしたいと、ユリアンは急いで使用人を呼んだ。


「お願いだから、お母様にもう一度伝えてみて」

「王太子殿下、申し訳ありませんができかねます」

ユリアンの必死な頼みを、マチルダはきっぱりとはねつけた。

『すぐに部屋に戻るから、明日の朝、国境に進軍する従兄たちを少しだけ見送らせてほしい』というユリアンの願いを、母は許さなかった。

ロランドやクラウスに手紙を渡してくれた、あの使用人とは別の者が来てしまったのも不運だった。申し訳ありませんと断られたあと、どうしても諦められずに何度も呼ぶと、最終的にマチルダが来た。そのあとは、どんなに呼んでも誰も来なくなってしまった。

（言うことを聞いているし、すぐ戻ると言ってるのに、ほんのちょっとの間でも許してもらえないなんて……）

ユリアンは母の身勝手さに、初めて強い憤りを覚えた。

扉の鍵は外から閉められているし、ユリアンの部屋は二階にあるから、飛び降りることは難しい。

だが、脱出するなら夜のうちしかない。

覚悟を決めると、部屋を見回して案を練る。これだけ呼んでも使用人は来ないのだから、逆に抜け出すのに好都合だと腹を括った。

カーテンとシーツを結んで、滑り止めのために途中いくつも節を作る。寝台の柱にしっかりと端を結ぶと、ロープ代わりの長い脱出用具が完成した。

「……よいしょ、っと……」

すっかり日が落ちたところで、ユリアンは窓を開け、即席のロープをこっそりバルコニーの外へ垂らした。

力をかけても簡単には千切れたり解けたりしないことを確認してから、おそるおそるロープを伝い、そろそろと下りていく。

すぐにロープを掴む手が痛くなったけれど、途中でやめるわけにはいかなかった。ぜったいにセルジオに会うのだという強い意志を持って、ユリアンは脱出を図った。

しかし、半分ほどまで下りたところで、さすがに疲労を覚え、だんだんと下りるのに時間がかかるようになってきた。

「ユリアン様!?」

休み休み下りていると、突然声をかけられ、心臓が止まりそうになる。

驚いて下に目を向けると、そこには驚愕した表情のセルジオが立っている。動揺のあまり、節に引っかけていたユリアンの足が、ずるりと滑った。

「うわっ!?」

手だけでロープにしがみつく格好になり、ぶらんと揺れるロープと自分の足に血の気が引く。

「下を見ずに、手を離して飛び降りるんだ！」

彼の声が真下から聞こえる。飛び降りれば、最悪、下にいるセルジオに怪我をさせてしまうかもしれない。ユリアンはぶるぶると首を横に振る。

堪えてきたが、手の力はそろそろ限界だ。ユリアンがもうだめかもしれないと思ったとき、もう一度、彼の声が届いた。

「必ず受け止めるから、私を信じて！」

目尻に涙が滲んで、ユリアンはどうしていいかわからないまま、その言葉に従う。

（セルジオを、信じよう……）

そう決意して、思い切って手を離す。落ちるのは一瞬だったが、落下の瞬間にはかすかに天国が見えたような気がした。最後にセルジオに会えたのに、ちゃんと顔を見ることもできなかったと、ユリアンは悔やんだ。

天国から、彼の無事と幸福を祈ろう――。

ドサッと音がして、衝撃が走った次の瞬間、はあ……っという荒い息を顔に感じた。

生きている、と思ったとき、ユリアンは、自分がセルジオの腕の中にいることに気づいた。

よろめきはしたが、彼は誓いの通り、しっかりとユリアンを抱き留めてくれた。

「せ、セルジオ……」

呆然と名前を呼ぶ。すぐにぶわっと涙が溢れ、全身から汗が滲んできた。

額に汗を滲ませたセルジオが、「まったく、あなたは……」と顔を顰めて微笑み、ユリアンを強く抱き締める。

「ユリアン様！」

「王太子殿下は無事か!?」

どこかから悲鳴のような声が聞こえてくる。

安堵とともにスーッと意識が遠のくのを感じ、ユリアンは気を失ってしまった。


目覚めると、ユリアンは自分の部屋の寝台に寝かされていた。

そばの椅子にはセルジオが座っていて、使用人も控えている。

痛みは、と訊かれて、手じんじんするのを感じ、見るとすでに両掌に包帯が巻かれている。

おそらく、シーツを伝って下りたときに擦れたのだろう。

「すぐに医師を呼んで診てもらいましたが、手以外は特に怪我はないようです」

セルジオに伝えられて、単に落ちた恐怖と助かった安堵から気を失ったらしい自分が恥ずかしくなる。

化膿止めの薬湯が用意されていて、苦いのを我慢しながら、大人しく飲み干す。

「あなたがいっさい外に出てきていないと気づき、何かあったのかとずっと心配していましたが、まさか軟禁されていたとは」

彼は安否が気にかかり、数日前にユリアンの部屋を訪ねたのだという。すると応対した使用人から『ユリアン様はお会いになりません』と言われ、これは彼自身の意思ではないのではないかという懸念が湧いたそうだ。

「時々、城に来られるときは、あなたの部屋の下に来て、窓からあなたが見えないかと願っていたのですが、いくらなんでも、カーテンを伝って下りようとするところに出くわすとは思いませんでした」

苦笑いをするセルジオによると、落下騒ぎは今のところ母には伏せられているそうだ。すぐにレオンハルトとクラウスには知らせが行き、彼らもこの部屋に駆けつけたが、医師の診断を聞いて安堵していた。助けたセルジオは彼らに感謝の言葉をかけられ、目が覚めるまでそばについていることを許されたのだという。

彼が使用人に下がるように命じる。二人きりになると、セルジオは怖い顔になった。

「なぜ、あんな危険なことを」と叱咤され、ユリアンは悄然となる。

「本当は母上の怒りが解けるまで、大人しくしていようと思っていたんです。でも、進軍の話を耳にして、どうしても待っていられなくなって……下りられたら、まっさきにあなたのところへ行くつもりでした」

正直に伝えた言葉に、セルジオの表情が緩んだ。

「……私も、出発前に、一目でも会えたらと願っていました」

ユリアンは寝台から下り、思い切ってセルジオに抱きついた。彼はすぐに抱き返してくれて、胸がいっぱいになる。

ここでは、いつ使用人が来てしまうかもわからない。ほんの束の間の抱擁だけで、ユリアンは名残惜しく彼から離れた。

「僕の望みは、あなたが無事に任務を終えて、ここに帰ってきてくれることだけです」

セルジオは頷き、明日の出発は早朝なので見送り不要であることと、それから、少し躊躇ったあとで、一つ頼みがあると言う。

「僕にできることなら、なんでもします」

ユリアンが勢い込んで言うと、セルジオは「もしよければ、剣に祝福を与えてくれませんか」と頼んだ。

剣に祝福を施すのは、エスヴァルドに古くから伝わる神聖な儀式だ。

神に仕える清らかな乙女が口付けた剣は、主人を無事に国に連れ戻すと言い伝えられている。

とはいえ、自分は神に仕える身でもなく、そもそも男なので、乙女ですらない。けれど、彼が望んでくれるならと、ユリアンは「僕でよければ、喜んで」と答えた。

差し出されたセルジオの剣を、そっと鞘から抜く。磨き上げられて銀色に煌めく剣身に、隊と彼の無事を祈り、心を込めて口付けをした。

剣を恭しく受け取ったセルジオは、礼を言ってからその場に片方の膝を突く。

「すぐに任務を終えて、戻ってまいります」

ユリアンの手を取り、甲に口付けて彼は誓った。

＊

王城のレオンハルトの元には、国境に変化があれば逐一知らせが届く。

ゼランデルの大公間の争いは、思いのほか根深く、こじれているらしい、という話だけはユリアンの耳に入ったが、詳しい状況まではさっぱりわからない。

半月ほど経っても内戦が鎮まった話は届かず、ユリアンは重たい気持ちで日々を過ごしていた。

部屋の窓から脱出しようとした話は、母の耳にも入ってしまったようだが、勝手に抜け出そうとしたことを厳しく叱責されることもなかった。軟禁されていたことが城の人々にも伝わったらしいので、もしかしたらレオンハルトかクラウスが母に何か言ってくれたのかもしれない。アデルとヨラントも戻してもらえ、ユリアンはやっと元通りの日々を取り戻すことができた。

しかし、セルジオは国境に赴いたままで、今どうしているのか、まったく情報は入ってこない。

勉強し、いつものように手紙を書く。その合間に、時々窓辺にやってくるルルに心を癒された。何をしていても落ち着かず、ユリアンは毎日のように、城の敷地内にある大聖堂に足を運んでは、セルジオたちの無事を祈った。

城にいる者には、祈る以外にできることがない。

大聖堂にはかなりの頻度でナザリオとティモも来ていて、彼らはいつも、ユリアンが驚くほど長い時間目を閉じ、祈りを捧げている。

おそらく、結婚後初めて進軍したクラウスのことが心配でたまらないのだろう、ティモは可哀想なくらい憔悴しているのが見て取れた。

(使用人に頼んで、彼らのところに何か差し入れを持っていかせよう……)

ルイーザも時々城を訪れては、一緒に祈ってくれる。それどころではない、と本人が言い、想い人捜しはセルジオが戻るまでいったん休止中だ。

「セルジオ兄様がいないと、ベネデット兄様がそろそろ見合いをしたらどうかってうるさいのよ！　夜会で会った人からは熱心に手紙が来るけど、お返事を書くのが面倒だし……そのうち家まで押しかけてきちゃいそう……セルジオ兄様がいないと、困るわ」

ルイーザはぼやいているが、本当は兄のことをとても心配しているのが伝わってくる。

ともかく、一刻も早く隣国の内戦が治まり、セルジオたちが無事に帰ってきてくれますように。

そんな願いだけで、ユリアンは日々を過ごしていた。

待ちかねた知らせが王城に届いたのは、王立軍が出発して三週間ほど経ってからのことだった。

早馬の使者が届けたのは『ゼランデルの内戦は間もなく終結する』というクラウスからの知らせだった。

「ゼランデル公国側からの軍は、内戦に紛れて我が国の国境を破る寸前まで進んでいたようだ。だが、激戦の末に弟の率いる軍が兄の軍を抑え込み、最終的に弟がゼランデルの統一国主となり、軍を引いた。幸いにも、国民に強く指示されたのが現状維持を望む弟の大公のほうだったらしい」

もちろん、王立軍は全員怪我もなく無事だ、とレオンハルトは言う。

いつもより早めに呼ばれた晩餐の席でその話を伝えられて、待ちかねた報告にユリアンは深く息を吐く。安堵したのだろう、ナザリオに慰められながらもティモは涙を堪えられずにいるようだ。

（良かった……本当に……神様、ありがとうございます……！）

全身から力が抜ける。二人が感謝の祈りを捧げるのを見ながら、ユリアンもまた神に深く感謝した。

向かい側の席についた母は、ちらりとユリアンの顔を確かめるように見た。おそらく、ユリアンが夜に城を出たり、窓から脱出しようとした件を、まだ怒っているのだろう。

だが、今は母の様子も気にならないほどユリアンはホッとしていた。

——自分もこの三週間は、まったく生きた心地がしなかったのだから。


国境に配備されて警戒を強めていた王立軍は、翌週には王都に帰還した。

城の大広間には慰労の席が設けられて、軍人たちに贅沢な料理や酒が存分に振る舞われる。

乾杯のときだけユリアンも参加して、必死に目的の人を捜す。遠目にだが、クラウスや仲間たちとともに酒を飲み、笑っているセルジオの姿を見つけて、息を呑む。元気な様子がわかり、感動で涙が出そうになった。

セルジオのほうもユリアンの視線に気づき、すぐに席を立とうとしたが、慌てて首を横に振ってそれを止めた。今日は自分には構わず、軍の仲間と楽しんでもらいたい。そんな気持ちを込めて、ユリアンが不器用な仕草で伝えると、ちゃんと伝わったらしい。彼は頷いて、しばらく名残惜しそうにユリアンを見つめたあと、腰を下ろした。

（また後日、ゆっくり会えるんだから……）

そう考えて、ユリアンが大広間を出ようとしたところに、兄の従者が声をかけてきた。

「王太子殿下、国王陛下がお呼びです」

何だろうと思いながら、レオンハルトのところまで行く。大広間の最奥で豪奢な作りの椅子に座った彼は、ユリアンが近づくと頷いた。

「クラウスから聞いたが、出発前に、ゼランデルに縁深い商人の名前を伝えておいてくれたそうだな」

「はい。遠縁ですが、ルーヴァン家と縁繋がりの者だったので……」

商人はかの国によく出入りし、ゼランデル産の珍しい色合いの宝石を持ってきていた。エスヴァルドに戻るたび、母が城に呼んでは、気に入るものを買っていたのを覚えていた。母には友人がほとんどいないので、その商人の存在を知っているのは、ユリアンとルーファス、それから母の古い使用人ぐらいのものだ。

「急ぎ、進軍の途中でその商人を呼び寄せたそうだが、確かにその者はどちらの大公の城にも出入りしていた。どうも、元々ゼランデルにも血縁の者がいて、商売をするうち信頼を預けられたようだな」

兄の話では、そもそもその商人は、先方の国に頼まれたエスヴァルドの品を仕入れるのが主な仕事だったらしい。ゼランデルの大公兄弟どちらとも酒を酌み交わしたことがあり、それぞれの性格もよく知っていた。血気盛んな兄が過去に先祖が奪われた土地を取り戻し、強大なゼランデル公国を復活させたいと願っていた。兄は権力を握れば、いつでも我が国に攻め込むつもりでいたらしい。しかし、たびたび賢明な弟に阻まれ、そのせいもあり、長年の間諍いが絶えなかったようだ。

国境を越えない限り、エスヴァルド側としては手出しができない。その情報が事実であると確認したあと、その商人を介して弟の大公側と接触を図り、密かに協力体制をとったのだという。

「お前が知らせてくれた情報は非常に役に立った。感謝する」

真面目な顔で言われて、ユリアンはぽかんとする。

続けて、じわじわと嬉しさが込み上げてきて、「あ、あの、お役に立てて、よ、良かったです」とだけ言うのがせいいっぱいになった。

自分が知っていることが役に立つかなどさっぱりわからなかった。ユリアンはただ、何かせずにはいられなかっただけだ。

正直、そこまで重要な情報だとは思っていなかったけれど、あの商人なら、わずかであっても、何か隣国の内戦を治める助けになることを知っているかもしれない。皆に無事に戻ってきてもらいたくて、切羽詰まった気持ちで、自分の知っていることをクラウスに託しただけだった。

部下たちの席にいたクラウスが、レオンハルトと話しているユリアンに気づいてこちらにやってくる。

珍しいことに少し酔っているのか、彼は身を屈め、ユリアンをぎゅうっと力いっぱい抱き締めてきた。

「素晴らしい情報に助けられたよ！　私の生徒はもう立派な戦術家だ」

「クラウス兄様……褒めすぎです」

長身の従兄に抱き竦められながら、大げさすぎる褒め言葉にユリアンは苦笑する。

「そんなことはないよ、ユリアン様々だ。内戦が早く終結したおかげで、ゼランデル側の犠牲も最小限で済んだ。君は皆の救世主だよ」

にこにこしているクラウスはご機嫌のようだ。

ユリアンは、救世主は実はクラウスのほうだと思っている。自分が意味があるかわからなくとも情報を彼に伝えられたのは、『ささいなことで戦況が変わる』と、戦術の授業で教えてくれたクラウス自身のおかげだった。

彼は軍人でもない自分が伝えた情報を正しく受け止め、戦況に活かした。国王であるレオンハルトの右腕として、人の話を聞く耳を持ったクラウスがいることは、エスヴァルドにとって非常に大きな幸運だとユリアンは改めて実感した。

しばらく三人で話したあと、「そろそろティモのところに戻らなければ」と言って、クラウスがいそいそと大広間を出ていく。

「お前にも何か褒賞を出そう。希望はあるか？」

レオンハルトからそう訊ねられて、進軍に直接参加したわけではないユリアンは驚いた。だが、「なんでもいいぞ」と言われて、欲しいものは何もないけれど、望みを一つ思いつく。さっぱり交流のない自分には難しいことだが、最近父と会話をする機会が多い兄になら頼めるかもしれない。

ユリアンの願いを聞くと、レオンハルトは少し驚いた顔になった。

そんなことでいいのか、と訊かれて「はい」と頷く。

「それでは褒賞にならないし、そもそもそれはお前自身のためじゃなく、クローディア様のためじゃないか」

「でも、それでいいんです」

ユリアンが頼んだのは、「父上に、『ほんの少しでもいいからお母様との時間を作ってあげてほしい』と伝えてもらえないか」という願いだった。

母がおかしくなり始めたのは、期待をかけていた幼いユリアンが神童ではなくなったことと、それをきっかけにして、父から顧みられなくなったことの二つが原因だと思う。

自分が天才になることは不可能だけれど、父に少しでも目を向けてもらえたら、母は救われるのではないかと思ったのだ。

「最近、父上はかなり体調がいいようだと聞いていますし……お元気なうちに、母上と少しでも会話を交わしてもらえたらと思ったんです」

本当は、そんなことで母の気持ちが落ち着くとは思えないし、両親の仲が元に戻るなどとは考えてもいない。

けれどユリアンは、セルジオが進軍に参加すると知ったときの気持ちを思い出す。

母も昔、父が軍を引き連れて内戦を治めに赴くときは辛かったはずだ。

更に、進軍のあと、父はクラウスのように伴侶のところにまっすぐ帰るのではなく、気に入りの愛人の館に向かっていたというのだから。

最初は次兄に、そして今はユリアンに激しく執着して、思い通りにしようとする彼女の心の中にはきっと、何か解消されない思いがあるだろう。

だから父には、わずかな時間でもいいから母に目を向けて、彼女の話を聞いてあげてほしかった。異国から来た神官に心を開いてたびたび茶の時間に呼ぶ余裕があるのならば、自分の子を二人も生んだ后のことも振り返ってもらいたいかった。

ナザリオがどんな人かを知っているユリアンでさえも、少しは複雑な気持ちになったほどだ。

もし、父の行動が耳に入れば、おそらく母はいっそう苦しむだろう。

セルジオへの想いだけは伏せて、ユリアンは正直に話す。

レオンハルトは何も言わない。公の場で母が暴れたことはまだないので、彼女の状況をどれだけ知っているかもわからない。

だが、ユリアンの願いに、兄は頷いてくれた。

「わかった。必ず父に伝えよう。だが、お前への褒美は、何かちゃんとした別のものを用意するからな」

彼は穏やかに笑い、ユリアンの肩を労わるようにそっと叩いてくれた。

＊

内戦に勝利したゼランデル公国の新統一大公から、エスヴァルドに親書が届けられた。

彼は今回の内戦での助けに深い感謝の意を表した。混乱を詫び、今後は周辺国と新たな関係を築いていきたいと、訪れた使者は礼のためにゼランデル産の宝石を手土産に持参していた。これまで他国に出回ることの少なかった極めて希少な宝石だと、鑑定に当たった宝石商は目を丸くしていたらしい。

これから、新生ゼランデル公国との新たな国交の始まりだ。


「ご挨拶が遅くなり、申し訳ありません。この通り、無事に戻りました」

帰国翌日の午後、セルジオはそう言って、改めてユリアンの部屋を訪ねてきてくれた。

「お帰りなさい、セルジオ。軍の任務お疲れさまでした」

慰労の気持ちを込めてユリアンは伝える。

こうして近くで彼に会うと、無事に帰ってきてくれたのだという実感がじわじわと込み上げてくる。ユリアンは感極まりそうな気持ちを必死で堪えた。

「ゼランデル公国内は、長年の諍いから二つの国と言ってもいいような状況だったようです。しかし、それぞれの領地には互いに血縁者も多く住んでいて、攻め込むにしろ守るにしろ相当に厄介な状態でした。ですから、ユリアン様がクラウス様にお伝えになった商人の情報は、本当に助けになりました」

もし、エスヴァルドが詳細な情報を得た上で弟側につくことがなければ、もしかするとまだ両者ともに剣を置かず、激しい内戦が続いていたかもしれない、とセルジオは言う。

「内戦を終えるのに一役買った商人には、ゼランデルの新統一大公と我が国の両方からじゅうぶんな褒賞が与えられるでしょう」

件の商人には、自分からも礼の手紙を送っておこうとユリアンは考える。

ユリアンの部屋のテーブルを挟み、向かい合わせのソファに二人は腰を下ろしている。セルジオは、茶を運んできた使用人が下がって二人きりになるとなぜか立ち上がる。彼はユリアンのそばまで来て、その場に膝を突いた。

その手がユリアンの手をそっと取る。

どきっとした次の瞬間、指先に口付けられて、心臓が止まりそうになった。

「有益な情報をお伝えくださり、心から感謝しています。今回、我々の隊は実戦に加わることなく済んだのですが、進軍の最中、いただいた剣への祝福はとても励みになりました」

感謝を込めた目の色で、彼はユリアンを見つめる。

「何か礼がしたいと思うのですが、あなたはなんでもお持ちですし、不甲斐ないことに、私にはユリアン様の欲しがるものがよくわからなくて……」

「ぼ、僕は何もしていませんし、礼など不要です」

急いで言ったけれど、セルジオは引かなかった。

「もしも私にできることの中で、あなたに喜んでもらえることがあれば、なんなりとおっしゃってください」

（セルジオに、してほしいこと……）

そう言われて浮かんだ願いは、ひとつだけだった。

ユリアンには、今も未来を選択する自由はなく、期限の誕生日まではもう半年もない。

だから、できる限りの時間、彼のそばにいたい。

許される間は、彼を見つめていたい――それが、今の一番の望みだ。

「本当に、なんでもいいんでしょうか」

「もちろんですとも。どのようなことでも構いません」

彼が口の端を上げて答えてくれる。その様子を見て、ユリアンは思い切って正直な願いを伝えた。

＊

〝もしできたら、遠乗りに連れていってもらえると嬉しい〟

考えた末にユリアンがそう頼むと、セルジオはお任せくださいと快諾してくれた。

「で、でも、遠乗りと言っておいてなんなのですが、実は僕、いまだにあまり乗馬が得意ではなくて……」

ユリアンの愛馬のシャロンは大人しくて聞き分けのいい馬だが、散々特訓してもらったけれど、細身であまり体力がないせいか、兄たちに連れていってもらうときも、ユリアンはすぐに皆から遅れたり、はぐれたりしてしまう。従者がついていてくれなければ、おそらく毎回迷子になっていただろう。

恥ずかしながら打ち明けると、セルジオは優しい笑みを浮かべて頷いた。

「それも承知しています。ちょうど、ユリアン様をお連れするのに最適の場所があるのです。少し距離がありますので、日帰りは難しいと思うのですが、構いませんか？」

（泊りがけ……！）

彼と小旅行をするのだと思うと感激だが、母がすんなりと許可をくれるかが気がかりだ。

セルジオは進軍後なので、まとまった休みがもらえそうだと言う。彼と過ごせるこの機会を、ユリアンはどうしても逃したくなかった。

最後の我が儘のつもりで、もし反対されたら押し切ってでも行く決意を固める。ユリアンは緊張の面持ちで母の部屋を訪れた。

すると、お気に入りの侍女とともにほとんど自室に籠もりきりの母が、今日は、珍しく不在だった。

「どこに行かれたの？」

「クローディア様は、先ほどルードルフ様のお部屋に行かれました」

どこか手持ち無沙汰な様子で部屋の掃除をしていたマチルダに言われて、ユリアンはぽかんとした。

（お母様が……父上のところに？）

先日、兄を通じて父に頼んだ『少しでも母との時間を作ってほしい』という願いが脳裏に蘇る。

（もしかしたら、レオンハルト兄様に言われて、父上がお母様を招いてくれたのかな……）

兄は必ずユリアンの頼みを聞いてくれる人だが、まさかこんなにすぐに父までもが動いてくれるとは思わなかった。

諦め交じりの願いだったが、不思議なくらい嬉しい気持ちになる。

だが、考えてみると、ユリアンには両親が仲睦まじくしている記憶などない。もし二人が顔を合わせて激しい喧嘩になっていたらどうしようと、少し心配にもなった。

最近では、式典の際に同席する程度で、そのときもほぼ二人の間に会話はない。幼い頃に両親とともに過ごしたおぼろげな記憶の中では、泣き喚く母にうんざりしている父の顔しか残っていないのだ。

両親の修羅場に顔を突っ込む勇気が出ず、遠乗りの件は伝言を頼んで、ユリアンは母の部屋を出た。

母に遠乗りの件が伝われば、最低でも小言くらいは言われるはずだ。そう覚悟していたが、数日経っても、母から長文の戒めの手紙が届いたり、冷たい目をしたマチルダが苦言を伝えに来ることはなかった。

(お母様、いったいどうしちゃったんだろう……?)

かすかな不安が胸を過る。もしかしたら、誕生日の前にわずかな自由をくれたのだろうかと首を傾げながらも、反対されなかったことに、ユリアンは胸を撫で下ろした。

セルジオが自分を連れていこうと考えている場所は、首都近郊の町にあるダルザス家の領地らしい。亡き父から彼が受け継いだものだそうだ。

「たまにしか使っていない別邸があるんです。あまりにも何もないところで驚かれるかもしれませんが、のんびりするには最適な場所なんですよ」

面白いものはない場所で申し訳ありません、と言われたが、彼と一緒に行けるならどこでもユリアンにとっては天国だ。

別邸の準備があるため、出発は来週ではいかがでしょう、と訊かれて、二つ返事で頷く。

ユリアンはわくわくしながらその日を楽しみに待ち侘びていた。

国境から戻った彼と遠乗りの約束をしてからというもの、城を訪れるたびに、セルジオはユリアンの部屋を訪ねてくれる。剣の打ち合いを覗いたり、図書室で待ち伏せをしたりしなくても彼に会える。できる限りの時間、足繁く来てくれることが嬉しくて、ユリアンは現実が信じられない気持ちだ。

「領地内には牧場もあり、馬はもちろん、牛に羊、鶏やウサギなど、たくさんの動物がいます」

周辺の森には可愛いリスも住んでいて、別邸の周りの木にもよく登っているという話を聞いて、小動物が大好きなユリアンは思わず目を輝かせる。ユリアンはたまにやってくるルルの話をした。セルジオも動物が好きなようだし、今日はまだ来ていないけれど、ルルにいつか会ってもらえたらと思う。とても可愛いから、きっと彼もルルのことを気に入るはずだ。

話をしているうち、セルジオのかたちのいい唇にふと目が留まる。

思い返してみると、あの夜会のとき以来、彼はユリアンに何もしてくれない。

使用人を下がらせてこうして二人きりになろうとも、なぜか抱き締めることすらしてくれないのだ。

(セルジオは、口付けしてくれたときも、僕がちゃんと言葉で意思表示をするまで、ぜったいに強引にはしようとしなかったし……)

あの夜、セルジオに告白すると、彼も自分を想っていると言ってくれた。

ならば——自分たちは今、両想いの恋人同士なのではないだろうか?

「あの、セルジオ……」

おずおずと手を伸ばして、彼の服の袖を掴む。

ユリアンに目を向けたセルジオが、その手を上からそっと握ってくれる。

母のことを思えば、彼との関係を決して公にはできないとしても、今だけは二人きりだ。

ユリアンは、口付けをしてほしいという願いを込めて、彼をじっと見つめる。

すると、彼はユリアンの頬にそっと手を触れたが、顔を寄せようとはしなかった。

「ユリアン様……そんな可愛らしい顔で誘うのはどうかおやめください。私はこれでも、必死であなたに触れたい気持ちを堪えているのですよ」

「我慢なんて、しなくていいのに」

必死に言うユリアンに、彼はきっぱりと答えた。

「いいえ、今はまだいけません」

「ど、どうして？」

訊ねると、セルジオは少し迷ってから口を開いた。

「夜会のときは、どうしてもあなたの気持ちを確かめずにはいられませんでした。ですが……本来であれば、あんな場で、あなたにすべきではないことをしてしまいましたから」

少し困ったように言われて、思わず赤面する。

「もちろん、後悔などしていません。あのあとも夢に見るほど、あの夜は私にとって幸せな時間でした」

ユリアンの手を大きな手で優しく握り込み、彼は微笑む。

「しかし、どれほど望んでいても、今はまだ、ユリアン様に触れるわけにはいきません。それは、あなたを愛しく思うからこそです……どうか私に道を誤らせず、きちんと踏むべき段階を踏ませてください」

そう言うと、セルジオはユリアンの手を持ち上げ、その甲に口付ける。

「さあ、次は所領の森にいる動物たちの話でもしましょう。運が良ければ、珍しい生き物にも会えるかもしれません」

空気を変えるように言って、セルジオはユリアンから手を離す。

彼の話を興味深く聞きながら、ユリアンは頭の中で悩んでいた。

(今はまだ駄目、ってどういう意味なんだろう……?)

彼は「あの場ですべきではないことを」とも言っていた。

人目につく可能性のある夜会などで、という意味だろうか。だったら、遠乗りに行った先の郊外の屋敷ならば、少しは触れてもらえるかもしれない。

もどかしかったけれど、さすがにそれ以上我が儘を言うことはできない。

一度の別離を挟んだせいか、ユリアンの中で、彼を想う気持ちは日増しに大きくなっていくばかりだ。

次の誕生日のことを考えるのは、今はやめた。その代わり、ただセルジオと過ごせる小旅行の日を、ユリアンは指折り数えながら待っていた。


何もかも順調だったが、一つ、意外な偶然が起きた。

楽しい遠乗りの予定が近づいてきた、ある日の晩餐のことだった。

「週末にクラウスと狩りに行く予定なんだが、ユリアンも一緒に行くか？」

食事を終えたところで、兄がそう声をかけてくれた。行き先は、城から馬で片道二日ほどかかるというクラウスの父の所領らしい。

（どうしよう……）

兄の誘いには、これまでいつも大喜びでついていっていた。泊りがけだと母に渋られて同行を許してもらえずにいたが、自分の意思で断ったことは一度もない。

しかし、そもそもセルジオとの約束は自分から頼んだことだ。兄たちと狩りに行く機会はまた何度でもあるだろうけれど、セルジオと二人で出かけられることは、もう二度とないかもしれないのだ。

今夜は部屋で食事をとるらしく、母の姿はない。

「とても残念なのですが……その日は、セルジオが遠乗りに連れていってくれることになっているんです」

迷った末に正直に伝え、狩りにはまた次の機会にぜひ一緒に行かせてほしいと付け加える。

「そうか。セルジオが一緒なら安心だな」

レオンハルトは鷹揚に頷くと、そちらも楽しんできてくれと言ってくれてホッとする。

クラウスとティモ、そしてナザリオは、ユリアンの予定を聞いて、なぜか嬉しそうな笑顔になった。

「我が家の別宅には温泉が湧いているところがあるんだよ。ユリアンはまだ行ったことがなかっただろう？　また今度一緒に行こう」

クラウスの言葉に、ユリアンは「うん、ぜひ！」とすぐさま答える。

屋外に湧く温泉と、その効能の話を聞いているうち、ユリアンも興味が湧いてきた。

セルジオと温泉に入れたらどんなに素敵だろうと思ったけれど、立派な体格をした彼はともかく、自分の貧相な体を、屋外で見られるなんて恥ずかしすぎる。

(自分は入らなくていいから、温泉に浸かるセルジオを眺めていたいな……)

夕食を食べながらそんな考えが思い浮かんで、思わず赤面する。長い間彼を追いかけすぎて、我ながら考えが片想いじみていることが恥ずかしくなった。

＊

待ちに待った遠乗りの日が来た。

朝、王城まで迎えに来てくれたセルジオは、ユリアンの移動のためになぜか馬車を用意していた。おそらくは、ユリアンが往復の途中で落馬しないようにという配慮だろう。

だが、愛馬のシャロンも準備は万端だし「僕も馬で行けます」と訴えると、彼は困り顔になった。

「向こうにも馬の用意はありますし、着いた先で思う存分乗れます。ですから、どうか往復は無理をせずに、馬車に乗ってくださいませんか」と諌められてしまう。

セルジオが自分を心配して言ってくれているのだと思うと、それ以上意地を張ることはできず、仕方なくユリアンは馬車に乗り込んだ。

せっかく彼と馬首を並べて向かえると思ったのにと、最初はしょんぼりしたが、確かに行きの道中で怪我をしてしまったら何もかもが台無しだ。それが母の耳に入りでもすれば、彼女は激怒して、彼を城から出入り禁止にしろなどといった無茶を言い出すかもしれない。所領では丸一日以上一緒にいられるのだからと、ユリアンは気を取り直した。

別邸には使用人がいると聞いているので、従者は一人しか連れてきていない。念のための警護だと言って、セルジオは軍の部下を二人同行させている。

移動の際は、騎乗した部下の後ろをユリアンと従者が乗った二頭立ての馬車が追いかける。その馬車を背後から追いつつ、セルジオともう一人の騎馬が警護してくれるようだ。


城を出て首都を抜け、森や街を過ぎていく。

数度休憩を挟み、日が暮れる前に到着したダルザス家の領地は、巨大な湖畔のそばに広がるなだらかな丘陵地帯にあった。

「湖も含めて、この辺り一帯が我が家の所領です」

馬車を降りたユリアンは思わずぽかんとした。セルジオが指さす先には、青々とした草原がどこまでも広がっている。緩やかな丘の上から見下ろすと、かなりの大きさがある湖の岸には、何艘かの小舟が繋がれているのが見えた。

『田舎です』と言っていたけれど、城から馬車で半日程度、首都リヴェラから少し外れた程度の場所で、近隣の街までもそう遠くはない。

先ほど通ってきた町や森も彼が譲り受けた領地の一部なのだと聞いて、ユリアンは目を白黒させてしまう。

いったいどのくらいの広さがあるのだろう。ぐるりと見渡しても、草原の先には何本かの木が見える程度で、他には何もない。かなりの大きさがある別宅ですらぽつんと小さく見えるほどに、彼の家の所領は広大だ。

直参四家の中では控えめで、あまり目立たない存在のダルザス家だが、セルジオには想像以上の資産があるようだ。

（もしかしたら、王族とはいえまだ何も資産を持っていない僕より、セルジオはずっとお金持ちなのかも……？）

辺りを見回して、ユリアンは呆然とするばかりだった。


別邸に着いて使用人たちに迎えられたあと、茶を飲んで少し休憩する。

昼食は途中の街で済ませたのでまだ空腹ではなかったが、使用人が運んできてくれた素朴な焼きたての菓子が気に入り、夕食が楽しみになった。

絢爛豪華なエスヴァルドの王城に比べれば、家の中の設えはさすがに質素だけれど、郊外に置く領主の別宅としてはじゅうぶんすぎるほど立派だ。

「こんなに大きな屋敷はもう必要ないのですが、ここは過去に首都が戦火に巻き込まれた際に、王族の皆様の一時的な避難場所に使われたりなどと、いろいろ由緒がありまして……手放すことなく、我が家でそのまま受け継がれています」

セルジオの話では、とある姫君はここに避難したのちにダルザス家の領主と結婚し、子を生したそうだ。彼女はユリアンの何代か前の王族の娘らしい。王族と主要貴族の家はあちこちでなんらかの血の繋がりがあって、聞いているると興味深い。レオンハルトやユリアンたちとセルジオも、もちろん遠縁に当たる。

嬉しくなってその姫君の話をいろいろ聞いていると、苦笑したセルジオが「この屋敷には肖像画も残されていますので、よろしければあとで見に行きましょう」と言ってくれた。

首都にあるダルザス邸には詳細な家系図もあるというので、機会があれば見せてもらいたい。

「もしお疲れでなければ、夕食までの間、少し馬に乗って辺りを散策してみませんか？」

「はい、ぜひ！」

セルジオの申し出に、茶を飲み終わったユリアンは嬉々として頷いた。

従者にマントを着せられて見送られ、外に出ると、わずかに日が傾き始めていた。

セルジオのあとについて裏口から屋敷を出る。厩番が栗毛が綺麗な馬を連れ出し、セルジオの芦毛の馬と並ばせている。

「今日はよろしくね」と言って、背中を借りる栗毛の馬に挨拶をする。

ユリアンは鐙に足をかけると、セルジオの手を借りて、どうにか馬の背にまたがった。

ひらりと自分の馬に飛び乗った彼は、ユリアンの準備ができたことを確認してから、馬を進める。

「丘の上まで軽く走りましょう」とセルジオが言い、ユリアンが頷くと、彼は愛馬を速歩にする。ユリアンの乗った栗毛の馬も速度を揃えて走り始めた。

暮れていく夕日に追いかけられながら、並んで馬を走らせる。屋敷から丘の上に向かうには、いったん草原を下る必要があった。日差しに水面を輝かせる湖のそばを通って、二頭の馬は、白くて小さな野花がちらほらと咲く草に覆われた、なだらかな斜面を上っていく。

丘の向こうはまだ見えず、風にそよぐ草原にはどこまで行っても果てがないようだ。

広大な草原を眺めているうち、ユリアンは自分がとてもちっぽけな存在であることを実感した。

目印になるものがないせいか、だんだんと距離が曖昧になり、混乱しそうになるけれど、少し間隔を置いた隣で馬を走らせているセルジオを見ると、ホッとした。

ユリアンが視線を向けるたび、彼はすぐに気づいてこちらを見てくれる。

彼と目が合っただけで、体中がじんわりと温かくなる。

セルジオのそばにいると、不思議なほど、何も怖くないと思えた。

爽快感に包まれながら、二人と二頭は丘を上る。頂上付近まで来ると、セルジオが手綱を引き、ゆっくりと速度を落とした。

馬の背から下り、手綱を持って町を指さしながら、彼が周囲の建物を説明してくれる。隣に下りたユリアンも屋根の並ぶ一帯に目を向けた。

丘の向こう側にもまた緩やかな草原が広がっている。かなり遠くには、川や森に囲まれた家々が広がっているのが見え、その近くに教会らしき建物の尖塔も覗いている。

「明日、時間に余裕があれば、あの町にもご案内しましょう。のどかですが、街並みが綺麗で、美味しいパイを出す店があります。そばに果樹園があるので、我が家にも季節ごとに美味しいジャムが届けられるんです。早い時間なら小舟に乗ったりもできるのですが」と言われたが、明日にはここを発つことを考えると、確かにそれほど時間はないかもしれない。

じゃあまた今度、と言おうとして、自分に次の自由はないかもしれないことを思い出し、ユリアンは言葉を呑み込んだ。

その様子を知ってか知らずか、セルジオは少し間を置いてから口を開いた。

「首都にある実家は兄が継いだものです。私は軍の任務で留守にすることも多いので、今は実家に住まわせてもらっていますが、将来的に軍を退いたあとは、こちらに定住することも考えています」

「そうなんですね……」

ユリアンはまだ先とはいえ、セルジオが首都から離れてしまうと聞いて、胸が締めつけられるように痛むのを感じた。

この辺りは空気も綺麗だし、移住するにはとても過ごしやすそうだ。家族で暮らすのにも最適だから、その頃にはおそらく、セルジオの隣には誰かぴったりの相手が寄り添い、彼を支えているはずだ。

(……同じ頃、僕は母の望み通りに結婚しているのかな……)

子を生し、王家とルーヴァン家の繁栄のための駒としての役割を果たしているのだろうか——。

セルジオの隣にいる自分の姿は、想像の中であっても思い浮かべることができなかった。

予想外にずっと恋焦がれてきた彼と両想いになれて、夢の中にいるようだ。

だが、悲しいけれど、次の誕生日が来る前に、彼とは距離を置いておかねばならない。

——万が一にもユリアンの彼への恋心に気づき、母が何かすることだけは避けなければ。

悲しい気持ちで考えていると、ふいに彼がユリアンの手に触れて、びくっとなった。

そっと手を握り、「どうかなさいましたか？」と彼が顔を覗き込んでくる。

「な、なんでもないです。ちょっと考え事をしていて……」

いつの間にか沈んだ気分になっていたと気づき、急いで暗い考えを吹き飛ばす。せっかくの残りわずかな彼との時間なのだ。楽しまなくてどうするのだとユリアンは必死で自分に言い聞かせる。

あわあわしているユリアンを見てふっと微笑み、セルジオが顔を寄せてくる。こめかみの辺りに柔らかいものが触れて、そこに口付けられたのだと気づき、ユリアンは顔が真っ赤になるのを感じた。

すぐに身を離して、彼が苦渋の声で漏らす。

「……無礼をお許しください。あなたがあまりに可愛らしい顔をされるので、我慢ができなくなってしまいました」

(やっぱり、城でなければしてくれるんだ……)

ここには母の監視の目は届かない。連れてきた従者は、母の息のかかっていない者だから、密告されることもないだろう。

「す、好きなようにしてくれていいのに……」

「そんなことを言われたら、この場で押し倒してしまいそうになります。どうか、これ以上、私を焚きつけないでください」

ユリアンの必死の言葉を、冗談ぽく躱される。吹く風に髪をそよがせたセルジオが、ふと真面目な顔になった。

「少し冷えてきましたね。そろそろ戻りましょうか」

ユリアンも頷き、再び馬に乗る。二人は緩やかに馬を走らせ、別邸に戻った。

別邸での夕食は、料理人が腕によりをかけて作ってくれたご馳走が並んだ。ユリアンが好きな甘いデザートも数種類用意されていて、一つずつ味わう。王宮の料理人とは違う味で、どれもとても美味しくてお代わりまでさせてもらった。

(レオンハルト兄様たちも、今頃狩りを楽しんでいるかな……)

セルジオと話しながら食事をしているうち、ふと、一日早く出発した兄たちのことがユリアンの頭をよぎった。ナザリオと小さな二匹も同行しているのだろうか？　森の中を駆け回る二匹はどんなにか可愛らしいだろうと想像すると、勝手に頬が緩んだ。

「明日の朝、もし早起きができるようでしたら、朝一番で裏の牧場に行くのはいかがでしょう？」

食事を終えて茶を飲みながら、セルジオが誘ってくれた。

鶏のエサやりは早朝に終わっているけれど、ヤギやウサギにはエサをあげられる。家畜小屋には仔ウサギがいると聞き、ユリアンは目を輝かせた。

「ぜひ行ってみたいです！」

貴族の令嬢として生まれたユリアンの母は、服が汚れるようなことを全般的に嫌っていた。社交界の嗜みであっても乗馬もしない。移動の際は必ず馬車で、家畜の世話などもってのほかという人だ。ユリアンが動物を飼いたいと頼んだときにも、一考の余地もなく却下されてしまった。

だから、ユリアンは牧場に行くのもこれが初めてで、明日が待ち切れないほどになった。


湯浴みを終えた頃、セルジオが部屋にやってきた。まだ何かやることがあるのか、彼は上着を脱いだだけで、シャツにベストという姿だ。

「先ほどから、外は雨が降っているようです。明日の朝まではやむといいのですが……」

「少しも気づきませんでした。でも、きっと上がりますよ」

大きな屋敷のせいか、雨音にはまったく気付かなかった。彼は懸念顔だが、なんとなく、この旅は何もかもうまくいくような気がする。

「ユリアン様がそうおっしゃるのを聞くと、私もそんな気がしてきます」

穏やかに言ってセルジオが微笑む。

「明日は、少し早めにユリアン様にお目覚めいただくようにと、従者に伝えておきましたので」

「ありがとうございます。僕、そんなに目覚めは悪くないので……たぶん、すんなり起きられると思います」

それから、また明日のエサやりの話をしているうち、ユリアンははたと気づいた。

湯の世話のあと、髪を乾かしてくれた従者には、「もう休んでいいよ」と告げて下がってもらっている。呼ばない限り、朝までここに来ることはないだろう。

明日の日暮れ前にはここを出る予定だから——セルジオと二人きりの時間が持てるのは、今夜だけだ。

先ほどは手を握り、こめかみに口付けをしてくれたけれど、それだけだ。

彼はユリアンが誘わなければ、決してそれ以上のことはしないだろう。

セルジオとの貴重な残り時間を惜しむ気持ちがむくむくと湧いてくる。

どう頼んでいいかわからず、ユリアンはソファの向かい側の位置に座っている彼に手を伸ばし、そっと触れた。

「セルジオ……、口付けして……？」

うつむいたまま、必死の気持ちでねだると、彼が肩をびくっと震わせる。おずおずと視線を上げると、彼はユリアンを凝視していた。

「——いけません。今口付けをしたら、止められなくなる。私は我慢できずに……あなたを寝台に連れていってしまいます」

彼はユリアンの手をやんわりと離させた。苦しげな言葉の意味が理解できると、ユリアンの頬はこれ以上ないほど熱くなる。

「つ、連れていってくれていいんです。セルジオの、好きなようにしてほしいから」

セルジオが自分を望んでくれるなら、ユリアンにとってこれ以上の喜びはない。

一晩だけでも彼のものにしてもらえたら、その思い出だけを胸に、なんとかこれからも生きられる気がするのだ。

しかし、せいいっぱいの気持ちを伝えたのに、セルジオは頑なに首を横に振った。

「駄目です。きちんと段階を踏まねば、私は前国王夫妻の前に出られなくなります」

「父上とお母様は、今は関係ありません」

「関係がないとは言えません。あなたとともにいるためには、お二人に許可をいただく必要があるのですから」

そう言われて、ユリアンはぎくりとした。

「なぜ、驚いているのですか？」

「だ、だって、許可って……」

ユリアンが戸惑っていると、セルジオはじっとこちらを見据えて言った。

「まさかとは思いますが……あなたは、私を今夜だけの夜伽の相手にしようと考えていたのですか？」

その言葉に、ユリアンは慌てて「ち、違います！」と首を横に振った。

セルジオはユリアンの初恋の相手で、これまでずっと想い続けた憧れの人だ。ユリアンが彼に望むのは、夜伽という言葉とはかけ離れている。

けれど――問い質されてみれば、夜伽といったいなにが違うのか。説明できないことに、ユリアンは愕然とした。

有力貴族の家柄で、しかも王立軍の幹部でもある高貴な立場の彼にとって、男娼扱いされたと誤解すれば、不愉快に思うのも無理はない。

「違うんだ、セルジオ、僕の話を聞いて」

彼を侮辱したわけではないと伝えたくて、ユリアンは正直に自分の状況を打ち明けた。

——母からの結婚と跡継ぎ作りの命令。半年後に訪れる十八歳の誕生日が、ユリアンが自由でいられる期限であることを。

「だから僕は、最後にもし、本当に好きな人と一夜をともにできたら、どんなに幸せだろうって……」

震える声で伝えると、自分が身勝手なことを言っているのがよくわかった。

黙って聞いてくれたセルジオが何を考えているのかはわからない。寝間着の裾をぎゅっと掴み、ユリアンは泣きたい気持ちを堪える。

「……あなたの事情は、よくわかりました」

軽蔑されたかもしれない、と絶望していると、セルジオが口を開いた。

「知らずにカッとなって申し訳ありません。あなたがクローディア様にいろいろな締めつけを受け、辛い思いをしているようだということは私の耳にも届いていましたが……将来のことまで強要されているとは知らずにいました」

そう言ってから、彼は立ち上がってユリアンのそばに来る。その場に膝を突き、ユリアンが握り締めていた手の上に、そっと自分の手を重ねた。

潤んだ目を向けると、セルジオの碧色の目と視線がぶつかる。

「ユリアン様。私は明日、ここを発つ前に、あなたに求婚するつもりでいたのです」

「え……」

「もちろん、あなたが応じてくれたら、国王陛下と前国王夫妻にも結婚の許可をと願い出ます。私は、あなたを幸せにしたい。あなたを苦しみから救って差し上げたい……いいえ、それだけではなく」

呆然としているユリアンの頬に触れて、セルジオは真剣な眼差しで告げた。

「私は、あなたを愛しているのです」

もしかしたら、夢でも見ているのだろうか。

彼が言っていることが信じられなくて、ユリアンの頭はぼうっとなる。

「幼い頃から、あなたの成長を見守ってきました。私を慕ってくださっていることには早くから気づいていましたが、真に受けてはいけないと、自分を戒めてもいました。けれど、いつしか成長して、どんなときでも一生懸命なあなたを見ているうちに、愛しさは募り……あの手紙が、私宛だとわかったときに、抑え切れないほどに膨らんでしまったのです」

切実な声音で彼は続ける。

「セルジオ……これ、ゆ……夢、かな……？」

どうしても信じられなくて、ユリアンはおずおずと訊ねた。夕食に出たワインが美味しくて、飲みすぎてしまったのかもしれない。

そう言うと、ふっと頬を緩めた彼が、ユリアンに顔を寄せ、額に口付ける。

その熱を感じた瞬間、これが現実のことだと実感する。ぶわっと体温が上がり、どくどくと心臓が激しい鼓動を刻み始めた。

「夢などではありません。何度でも言います。ユリアン様、どうか私の求婚を受け入れてください」

胸が破裂しそうな歓喜のあと、にわかに現実を思い出して、ユリアンは慌てた。

「だ、駄目……。そんなことしたら、お母様があなたに何をするか……！」

「それもまた覚悟の上です。反対されたり、実家や軍に手を回されるようであれば、予定よりも少々早めですが、軍を辞してこの土地に移り住んでもいい。兄には出発前に、これから先ルーヴァン家と対立することになるかもしれないと伝えてきました。妹にも、今後、いい縁談は来ない可能性があると言ってあります。それでもいいと、二人ともあなたとのことを応援してくれています」

あっさりと言う彼に、ユリアンは愕然とした。

――セルジオは本気だ。すべてを捨てる覚悟まで決めた上で、ユリアンに求婚しようと心を決めている。

もちろん、嬉しくないわけはない。けれど、自分に求婚することで、彼が払う犠牲はあまりに大きすぎる。

そんなことになったら、クラウスは大切な側近を失うことになる。王立軍にとっても多大なる痛手だろう。彼の兄やルイーザの人生にまで影響が及ぶかもしれない。

予想外の出来事に、歓喜を通り越し、血の気が引くのを感じた。

「ぜったいに駄目です、そんなことはさせられません……！」

そう言うと、ユリアンは彼が何か反論する前に、無我夢中で抱きついた。膝を突いた彼の項に腕を回し、頭を抱え込むようにして囁く。

「……僕は、あなたの人生を壊したくありません」

彼を見つめているだけで、ユリアンは幸せだった。それで満足していればよかったのに、つい欲が出て、もっとそばにいたい、もっと触れたいなどと願ってしまったことが間違いだった。

大好きだからこそ、彼を自分に関わらせてはいけなかったのだ。

潤んだ目から涙が溢れてくる。痛ましげに見るセルジオの腕が背中に回り、きつく抱き竦められた。

そのとき、部屋の外で人の声と物音がした。かすかなざわめきから、何人かの人間がこの部屋のそばにいることに気づく。

(何か、揉めてる……？)

「今、通路を見てきます」と言って、安心させるように彼がユリアンの背中を撫でる。

だが、セルジオが身を離す前に、ノックの音もなく扉が開いた。

「――レオンハルト兄様!?」

驚いたことに、入ってきたのは別の場所に狩りに行っているはずのレオンハルトだった。

その背後には困り果てた顔の別邸の使用人やクラウスの姿も見える。

雨に降られたのか、髪を濡らした兄がこちらに目を留める。ユリアンはハッとして、今まさに抱き合っていたセルジオから慌てて身を離した。

「セルジオ、貴様……我が弟に何をしている!?」

顔を歪めたレオンハルトは、ずかずかと部屋の中に入ってきて、あろうことか腰に帯びた剣の柄に手をかける。

セルジオの後方にある扉から入ってきた兄に、今の光景がどう見えたかはわからない。まさか、彼がユリアンに襲いかかっているようにでも見えたのだろうか。

「レオンハルト兄様、待ってください！」

ユリアンは真っ青になって言ったが、セルジオはなぜか兄の方に向かって膝を突いたまま、自らの潔白を口にしようとはしない。ユリアンはとっさに彼を守らなければと、大きな肩に腕を回してぎゅっと抱きついた。

「彼は何も悪くありません！」

必死で訴えたとき、部屋に入ってきたクラウスも「レーヴェ、やめてくれ！」とレオンハルトを制してくれた。

「セルジオは決して無理強いをするような男ではない。ともかく落ち着いて、まずは二人の話を聞いてくれ」

そう言われて、レオンハルトは抜きかけていた剣を止める。

「……どういうことだ。セルジオ。今、ユリアンを抱き締めていたのは、なぜだ？」

怖い顔をした兄に問い質され、ユリアンはセルジオに抱きついたまま、震える唇を開いた。

「僕はずっと、セルジオのことが大好きで……で、でも、彼とは結ばれては駄目だから……最後に、思い出が欲しくて、お願いして、遠乗りに連れてきてもらって、それで……」

詰まりそうな喉で、ユリアンは必死に説明する。

まだ混乱したままの顔をした兄は、それでも剣を収めた。クラウスがホッとした様子で息を吐く。外から入ってきたばかりなのだろう、彼の髪もわずかに濡れている。

もう大丈夫だとわかり、ユリアンは抱きついていたセルジオから手を離した。

「まったく気づかなかった……予想もしていなかったから、とっさに、お前がここに連れ込まれて、襲われているのかと思ってしまった」

珍しく狼狽えた様子の兄はそう言うと、セルジオを見た。

「勘違いしてすまなかったな、セルジオ。ユリアンも」

「いいえ、無理もないことです」

すんなり剣を引いた国王の謝罪を、セルジオは冷静な様子で受け入れる。彼は兄たちにソファを勧め、茶を用意させようとしたが、「いや、今、ここの使用人が湯浴みの支度と部屋の用意をしてくれているから」とレオンハルトは断る。

おそらく、少々気まずいようでソファに座ろうともしない彼に苦笑し、クラウスも「すぐに失礼するよ」と言って、立ったままだ。

「せっかくくつろいでいたところを邪魔して、本当にすまなかったね」

あとを引き受けてくれたクラウスによると、彼らの一行は、昨日、とある事情から、行き先を近場に変更して狩りを楽しんだ。しかし、帰る前に雨が降り始め、次第に雨足が強くなってきたらしい。日暮れも近づいて困っていたとき、ユリアンたちが滞在しているダルザス家の別邸がそばにあるとクラウスが気づいたそうだ。

「雨宿りと一夜の宿を借りに寄ったところ、迎えてくれた使用人が、『ご主人様とユリアン様は今寝室にいらっしゃいます』と言うものだから、レーヴェは驚いたんだろう」

擁護するようなクラウスの言葉を聞き、兄が怪訝そうに訊ねる。

「……お前は、ユリアンの気持ちを知っていたのか？」

クラウスがああ、と頷くのを見て、ユリアンは従兄がこれまで様々に自分の恋を手助けしてくれたことを思い出した。

ユリアンが恥ずかしそうにしているのに気づいたのか、クラウスは話題を変える。

「今回の狩りは場所が変更になったし、参加する者も増えて、異例の出来事続きだったんだ。ユリアンとセルジオも、詳しい話を聞いたらきっと驚くと思うよ。実はね、」

微笑んだクラウスが、何か続きを言おうとしたが、それよりも先にレオンハルトが口を開いた。

「しかし、わからないな。なぜセルジオとは駄目なんだ？」

兄は怪訝そうに言った。

「血統も身分も、非の打ちどころがない男だ。ユリアンが結婚したいと言うのなら、むしろ、俺たちのときよりも議会は喜んで受け入れるだろう」

兄は本気でそう思っているのだろう。そうわかると、抑え込んできたものが破裂したようになり、ユリアンの目からボロボロと涙が零れた。

セルジオが肩に腕を回し、そっと抱き寄せてくれる。兄たちの目を気にする余裕がなく、ユリアンは彼の胸に顔を寄せた。

「……レーヴェの立場からは、見えないこともあるのだろう」

どこか苦い声で言うクラウスは、うすうす感づいていたのかもしれない――母との関係で、ユリアンが苦しんでいたことを。

兄は誰にはばかることなく愛する人と結婚することができた。ルーファスも、クラウスもだ。だがその結果、ユリアンは母の妄執に雁字搦めにされ、想い人を諦めなくてはならないのだ。

「……たとえ議会が許しても、お母様はぜったいに許してくれません。あの人は、僕が異性と結婚して、生まれた子供が、エスヴァルド王家の次の王になることだけを夢見ているんだから……」

クラウスが痛ましげに顔を顰める。レオンハルトがその様子を見て、更にわけがわからないという顔になった。

「だが、継母上の許しを得ないと結婚できないわけではないだろう？　お前ももうじき成人の年だ。そうなれば……」

「――できません」

半ば嗚咽しながら、セルジオから身を起こす。レオンハルトを涙に濡れた目で見据えて、ユリアンは言った。

「だって、お母様は……可哀想だから……」

そう言うと、その場にいた全員が言葉を失った。

恋をして嫁いだ父に顧みられず、一人目の子には出ていかれ、最後に残った二人目の出来損ないの子に、必死になって縋っている。

「お母様には……僕が捨ててしまったら、誰もいなくなってしまうから……だから」

――どうしても、ユリアンには、母を見捨てることはできない。

母の望みを知ったら、いつも良くしてくれる兄と従兄にまで悩みを分けることになる。優しいナザリオやティモは、きっと心を痛めるだろう。ぜったいに彼らに知られるわけにはいかない。

決して兄たちが悪いわけではない。

ただ、自分が母の言う通りに望みを叶えれば、それですべて丸く収まるのだから、と。

けれど、セルジオはユリアンのために人生をかける覚悟までしてくれていた。

動揺し切っていたところへ、彼と結婚できるはずだと平然と言い切る兄の言葉を聞き、これまでずっと堪えてきた気持ちが爆発してしまったのだ。

そのときふいに、通路のほうでコトンと小さな物音がした。

皆がそちらに目を向ける。使用人だろうかと目を向けかけて、ユリアンは息を呑んだ。

そこには二人の人物がいた。

——目を疑う。なぜなら、侍女を従えて部屋の入り口に立っていたのは、驚いたことに、どこか困ったように眉を顰めたユリアンの母、クローディアだったのだ。


「伝えるのが遅くなって申し訳ない。二人とも驚いただろう？」

ユリアンはまだ呆然としていた。

（……通路に立っていたお母様は、さっきの話を、いったいどこまで聞いていたんだろう……）

『何か揉めているようだから、気になって』と言う母は、クラウスと一言二言話しただけで、すぐに用意された客間に入ってしまった。その後、クラウスが説明してくれたことに、ユリアンは二度驚いた。

「さっき伝えようと思っていたんだが、実は昨日、出発前の挨拶をしに行ったところ、前王陛下が珍しく興味を持たれてね」

今回、彼らが狩り場を近場に変更したのは、前王ルードルフが自分も参加すると言い出したためらしい。ここのところ体調が良く、后が付き添うので心配はいらないという話だったそうだ。

療養生活の長い父の状況を考えれば、今回は狩りに参加するわけではないだろうけれど、それでも、馬車に乗って遠出をするなんて、もうここ何年もないことだ。しかも、まさかあの母を伴ってきたとは。

不仲だったはずの両親が、二人揃って遠出をしたという話に、ユリアンは耳を疑った。

「我々も驚いたが、近場まででであっても馬車で外出すればいい息抜きになる。ちょうど、ユリアンもセルジオの所領に行っていることだし、うまくいけば帰り際に合流できるかもしれないと思って、ぜひにと応じたんだ。だが、予定外なことに早々に雨に降られて、ここへ使者を送る余裕がなくなってしまってな」

レオンハルトの話では、馬車にはルードルフとクローディアが乗り、そしてナザリオとティモも別の馬車で一緒に来ている。伴侶たちは先に用意された部屋に入って湯を使わせてもらっているそうだ。

まさかセルジオの所領で合流した結果、こんな事態になるとは兄たちも夢にも思っていなかっただろう。

しばらく黙っていたセルジオが、ユリアンからゆっくりと身を離す。立ち上がった彼は、レオンハルトたちに向き直ると、姿勢を正して言った。

「国王陛下。クラウス様。私は先ほど、王太子殿下に求婚しました」

「せ、セルジオ……!?」

まだ、彼の気持ちは知られていなかったのに、わざわざ兄たちに告げてしまうセルジオに、ユリアンは仰天する。

「そうか。返事は？」

もはや驚きはないのか、レオンハルトが冷静な様子で訊ねると「それは……まだなのです」とセルジオは答える。

それから、彼は動揺し切っておろおろしているユリアンに一瞬目を向けてから、再び国王とその従兄に向かって言った。

「ユリアン様は、私を好いていると言ってくださいました。もし、ユリアン様が受け入れてくれるのであれば、王城に戻った後前国王陛下夫妻の元に、結婚の許可をいただきに参りたいと考えています」

「ならば俺たちも協力しよう」とレオンハルトは即答する。クラウスは頷きながら「その場に同席して、後押しするのがいいだろうか」と訊いてくる。

「ま、待ってよ皆、僕はまだ……っ」

慌てて口を挟もうとしたとき、「ユリアン」と兄に呼ばれた。

そばまで近づいてきたレオンハルトは、ユリアンの頭をくしゃりと撫でた。

「……俺は、お前がクローディア様のことで、まさかそんなに辛い思いをしているとは気づかなかった。俺たちが愛する者と迷わずに結婚したのは、お前もまた自由に相手を選ぶはずだと、当然のように思っていたからだ。俺たちには、お前を王家の犠牲にするつもりなどかけらもない。だから、お前がセルジオを好きだというなら、どのようなことでも力になる」

「レオンハルト兄様……」

兄の言葉にユリアンが呆然としていると、クラウスが続けた。

「そうだよ、ユリアン。あまり我々が口を挟むと、いっそうクローディア様のご機嫌を損ねてしまうかと気遣って、一定の距離を置いてきたのが間違いだったみたいだね……皆、君が本当に愛する者と結ばれて、幸せになることを何よりも祈ってる。ユリアンは心の声を聞いて、自分の幸せを選ぶと決断するだけでいいんだ。もしクローディア様が何か言ってきても、私たちは全員が君の味方になる」

ユリアンの目の奥がじんと熱くなってくる。そばにいるセルジオが優しく手を握ってくれる。泣きそうになるのを堪えて、「二人とも、ありがとう」と言うのがせいいっぱいだった。

セルジオがいったん部屋を出ていく。彼は使用人に前王と現王他の客人たちの対応を頼み、晩餐の支度を命じてから戻ってきた。

この屋敷には、客間の部屋数は十分にあるものの、これだけの人数に対応するためにはどうしても人手が足りない。そのため、時々手伝いを頼む近くの町の者たちにも使いを出し、応援を頼んできたようだ。

「急いで食事の支度をさせていますので、しばしお待ちを」

セルジオが言うと「世話をかけさせてすまないな。ではまた、夕食のときに」と言って、兄たちがいったん割り当てられた部屋に入っていく。

部屋にはセルジオとユリアン二人だけが残った。

「セルジオ、ど、どうして、レオンハルト兄様たちに、求婚のことまで……っ」

まだ動揺を消せずにいるユリアンが、彼に一言言わせてもらおうとすると、セルジオが唇にそっと指を押し当ててきた。

「ユリアン様。どうか、私の言い分を聞いてください。あなたは、母上のために、未来の結婚相手も、その子供も、そしてあなた自身も不幸にする選択をしようとしています」

ユリアンは言葉を失った。わずかに声音を和らげて、彼が言う。

「もし、求婚が迷惑ではないのなら、せめて今だけでも、私との将来を考えてみてはくださいませんか……？」

真剣な目で言われて、彼の大きな手でぎゅっと心臓を掴まれたような気持ちになった。

「王太后様の怒りを買い、すべてを失って、首都から追放されることも覚悟しています」

「僕がそんなことはさせないよ」

セルジオの決意に、ユリアンがすぐさま反論する。

「では、求婚を受け入れてくださるのですか？」

改めて確認されると、急に弱気な気持ちになった。

「でも……でも、お母様が……」

ユリアンの中に、強烈な罪悪感が押し寄せてくる。

彼がユリアンの両頬を手で包み、自分のほうを向かせた。

「ユリアン様。母上のことを思うあなたの優しさは素晴らしいものです。ですが、あなたの人生はあなた自身のものだ。死ぬまで母上のために生きる必要はないのですよ」

「セルジオ……」

「お願いですから、どうか私の求婚を受け入れる、と言ってください」

珍しく切羽詰まった表情をした彼に、胸を突かれる。

心から愛する人にこんなふうに乞われて、拒める者がどこかにいるのだろうか？

ユリアン様、と懇願する声音で呼ばれて、これ以上黙っていることはユリアンにはできなかった。

「……受け入れます」

唇から、自然と正直な返事が零れた。

次の瞬間、彼の顔がパッと輝く。

「ユリアン様……ありがとうございます」

歓喜を滲ませた声で、セルジオがユリアンを強く抱き締めてきた。

ユリアンはその瞬間に実感した――彼は同情でも哀れみでもなく、心から自分と結婚することを望んでいるのだと。

じわじわと喜びが湧いてきて、体を温かい感動が満たしていく。

母の呪縛は、まだ消えてはいない。

だが、好きな人が、自分を心の底から好いてくれていると知った喜びが、ユリアンの背中を力強く後押ししてくれる気がした。

＊

その日の晩餐の席には、疲れたから休むと言って、軽いものを部屋で取ることになり、父も母も現れなかった。

気を張っていたユリアンは拍子抜けした。

唯一良かったことと言えば、ナザリオが小さな二匹を連れてきていたことだ。

ここには小動物が嫌いな者はいなかったので、よかったらと勧められて、晩餐の場に二匹も特別に席を設けられることになった。ピーノとロッコは、料理が運ばれてくるたびに目を輝かせ、拍手をするみたいな行動をしたりでたいそう可愛らしい。どの料理も上手に小さな前足で掴み、もぐもぐと美味しそうに食べるのに、皆の心が和んだ。

翌朝の朝食の席では、久し振りに二人並んだ両親と顔を合わせたものの、父は「久し振りだな」と言っただけで特に会話は続かない。

母とも挨拶をした以外に、特別な話をすることはなかった。

ことはすんなりとは進まなかった。遠乗りから王都に戻ったあと、セルジオは宣言の通り、王太后に面会の打診をした。

もちろん、国王に願い出る前に、彼女にユリアンとの結婚を許してもらうためだ。

しかし、彼が何度面会を願い出ても、ユリアンの母に会うことは叶わなかった。

「やはり、避けられているのでしょうか……？」

セルジオは困り顔だが、母の性格からして、おそらく単純に会う必要のない相手との面会に応じないだけという可能性もある。

しかし、ユリアン自身も、また事前に話を通しておきたくて母の部屋を訪れるたび、使用人から不在だと言われて、会うことすらできていない。

（あの……引きこもりのお母様が……？）

先日の狩りは異例中の異例だった。

友達もごくわずかで、部屋で着飾って使用人にドレスや宝石を褒め称えさせているか、ごく稀に実家に帰る程度の母が、これほどまでたびたび部屋を留守にしているのは珍しい。いったい、どこに行っているのだろう。

部屋付きの使用人に言付けても返事はなく、何日か部屋に戻っていない様子のときもある。

そう言えば、しばらく前からユリアンのところにも来ていなかった。何か新しい趣味でも始めたのだろうか。ここのところの母の行動が分からず、ユリアンの頭は疑問でいっぱいだ。

「できれば先に王太后陛下に先にお許しをいただきたかったのですが、こうなってはやむを得ませんね。先に前王陛下に面会を願い出てもよろしいでしょうか？」

困り顔のセルジオにそう訊ねられ、悩んだ末にユリアンは頷いた。

三男には長い間興味もなく、これまで正式な儀式の場以外では、交流すらもほとんどない父は、おそらく結婚に反対することはないだろう。

ただ、自分が知らず、父だけが先に聞いたと知ったら、母がまたヒステリーを起こしそうなことだけが心配だった。

しかし、なかなか結婚の許可を得られない中、嬉しい発見もあった。

たびたび面会の申し出を退けられても、セルジオは少しも怒らないし、苛立つこともない。

ごめんなさい、とユリアンが謝ると「謝らないでください。あなたを得るためなら、このくらいはたやすく乗り越えなくてはならないことです」と微笑んでくれる。

とてつもなく面倒な母を持つ自分には、こんな素晴らしい人はもったいない。そう思えるくらいに、セルジオは優しくて穏やかな最高の人だと改めて実感した。

セルジオが、前王ルードルフに面会の打診を送ると、すぐに返事が来て、すんなりと二人は部屋に招かれた。

母のときとの差に驚きながら、二人で部屋を訪問する。

そこで、ユリアンは目を疑うような光景に仰天した。

「あら、どうしたの、ユリアン？」

使用人に通された父ルードルフの部屋には、なぜか自室には何度行っても不在だった、母クローディアの姿があったからだ。母はなぜか、いつもの華美な雰囲気のドレスではなく、装飾の少ない上品なドレスを身に着けている。

「お、お、お母様……？」

なぜここに、と言えずにユリアンが呆然としていると、杖をついたルードルフが奥から現れてソファにゆっくりと腰を下ろした。夫を支えてから、母も隣の席に座る。

唐突にユリアンは腑に落ちる。ずっと自室には不在だった母は、父の部屋にいたのではないか。

狩りのときは父に同行していたけれど、まさかの出来事だ。

ユリアンは、母が日常的に父の支えになることなど、想像もしていなかった。

「……元気そうでなによりだ」

ルードルフは呆然としているユリアンを見て言うと、その隣に立つセルジオに目を向けた。痩せたし年も取ったが、父は思いのほか顔色がいい。一時は起き上がれないほどだったそうなので、本当にずいぶん回復してきたようだ。

結婚の許可を得る際には、さすがのセルジオも緊張したらしい。

「エスヴァルド王立軍で中尉を拝命しております、セルジオ・ジルベルト・ダルザスと申します。本日は、王太子殿下との結婚についてお許しをいただくために参りました」

彼が少しかしこまった声で申し出る。

母がかすかに目を瞠るのがわかり、ユリアンは思わず身を強張らせた。

これまでなら、同性との結婚など許すはずもないであろう母が、この場でいったいどんな反応をするのか不安だったのだ。

「ダルザス家の次男だな。クラウスの隊の者か。先日はゼランデルへご苦労だった」

はい、とセルジオが答えると、ルードルフは頷きながら言った。

「由緒ある貴族の家柄で、王立軍の精鋭となれば、文句のつけようがない。佇まいも立派な男のようだ。ユリアン自身がいいのなら、反対する理由はないな」

ソファに腰かけたルードルフは穏やかに言う。驚いたことに、母が黙って頷いているのを見て、ユリアンは目を疑った。

「ルードルフ様がそう思われるのであれば」

微笑んで言う母の言葉が、さっぱり頭に入ってこない。

（いま……今、お母様も、結婚に同意してくれた……？）

ユリアンは想定外の事態に激しく動揺していた。

今日の母は叫ばないし、泣かないし、ものを投げもしない。

落ち着いていて、ドレスも化粧もきちんとしているし、末息子の結婚話に驚いてはいるようだが、ごく普通の反応だ。

ユリアンは、自分の望まない言葉を聞いたときに、こんなにもまともな反応をする母を、見た覚えがなかった。

（これは……本当に、僕のお母様なの……？）

ユリアンが子供の頃から、すべて言う通りにしなければ、母はさめざめと泣き出して手がつけられなくなった。挙句の果てには失神し、医師を呼ばれるのが常だったのだ。

もしかしたらあのとき、セルジオの所領の屋敷で、母はユリアンが堪えきれずに漏らした本音を聞いていたのかもしれない。

わけがわからなくて、おろおろしながらセルジオを見る。彼は動揺し切っているユリアンの手を取り、大丈夫だというようにしっかりと掴んでくれる。

彼に触れて、少しだけ落ち着いたとき、ユリアンは気づいた。

（……レオンハルト兄様かクラウス兄様が、根回しをしていてくれたのかも……？）

彼らがセルジオについて両陛下に伝え、結婚相手として申し分ないと、太鼓判を押してくれていたのかもしれない。

しかし、たとえそうであっても、今の母の様子はユリアンにとっては信じられないものだった。

父は、茶を飲みながらしばしセルジオと歓談する。軍や馬の話などで、二人は意外にも気が合うようだった。それに控えめに頷きながら、母は微笑している。

穏やかな表情の母は、これまでにないほど幸せそうだ。ユリアンは夢でも見ているような気持ちで母のほうばかり見てしまう。この場で一番挙動不審なのは、間違いなく自分だと思った。

話が途切れたところで、ふいに父が「ああ、ただし」と思い出したように付け加えた。

「ダルザス家にはすまないが、これから王家の力になるユリアンを外にやるのは難しい。結婚を許す代わりに、そちらが王家に入るかたちで進めさせてもらうのが望ましいと思う」

「もちろんです。当主である兄にも、もう家を出る許可は得ています。私は王立軍に奉仕しながら、ユリアン殿下をお支えしていければと思っております」

そうセルジオが答えると、父は口の端を上げた。

「ならばなんの問題もない。レオンハルトがユリアンはまだ若いから、式は半年後がいいのではと言っていた。それで問題はないか」

セルジオが了承し、ユリアンも慌てて頷く。

「では、まずは婚約と披露目の席を設けなければな」

母が隣で「ユリアンの誕生日が間もなくなので、その祝いの席でお披露目したらいいんじゃないかしら」と言い出す。

それがいいだろう、と父も同意する。

父が茶のお代わりを頼むと、母は快く立ち上がる。彼女が自ら茶を淹れるために席を立つのを見送ってから、父はセルジオに視線を向けた。

「……ユリアンにも、これまでいろいろと辛い思いをさせてきた。それなのに、こんなに立派に成長し、先日はクラウスたちの役に立ったと聞いて、誇りに思っている。心持ちの優しい王家の末息子だ。どうか幸せにしてやってほしい」

必ず、とセルジオは請け合う。まだ驚きから覚めやらぬ中、ユリアンは彼の言葉を心強く聞いていた。

父の部屋を出て、ユリアンの部屋のほうに向かう。隣を歩くセルジオが「少し落ち着かれましたか？」と気遣うように訊いてくる。

「うん、まだ少し驚いているけど……」

父がかけてくれた言葉も、まるで別人のような母の様子も、長い間望んでいた夢でも見ているようで信じられない。まだ、幻覚を見ているみたいな気分だ。

足を止め、ユリアンはセルジオを見上げた。

「不思議なんです。結婚を許してもらえたのは、もちろんものすごく嬉しいし、ホッとしています。でも……父上に声をかけられて、別人みたいに変わったお母様を見て、なんだか気づいたんです。お母様はすべてを周りのせいにしてきたし、それを疎ましく思ってきたけど……僕も、結局同じだったんだっていうことに」

彼は静かな目の色でユリアンを見つめ、ただ話を聞いてくれる。

「僕は、お母様さえ普通だったら、何もかもうまくいくのにと思ってた……でも、僕が長年の間縛られていたのは、お母様じゃなくて……なんていうか、自分自身の心だったみたいです」

母は、父の歓心を取り戻して心底幸せそうだった。

おそらく、父からの愛こそが、彼女が本当に望んでいたものだったのだろう。

とはいえ、ユリアンやまだいもしない跡継ぎへの執着を失い、落ち着きを取り戻した母が、いつまた父との間に溝ができて、半狂乱になるかはわからない。

でも、両親の関係は二人の問題だ。そして、母がなんと言おうと、何を強要してこようとも、セルジオが言ってくれた通り、ユリアンの人生は、ユリアン自身のものなのだ。

本当に嫌なら、我慢し続けて従う必要などなかった。さっさと逃げ出せばよかったのだ
——すべてを捨てる覚悟で王家を出て、自らの手で幸福を掴んだルーファスのように。

まるで、憑き物が落ちたような気持ちで心が軽い。

ユリアンは、母に変わってほしかった。

でも、本当に変わるべきなのは、自分のほうだったのだ。

もしいつか、彼女がまた暴れ出したとしても、もう二度と振り回されずにいられる気がした。

こんなふうに思えたのは、きっと兄たちと——そして、セルジオのおかげだ。

「……ありがとう、セルジオ」

いいえ、と彼が目を細めて笑う。行きましょう、と言ってそっと手を握ってくれて、頷いたユリアンは彼とともに歩き出した。

無事に結婚の許可をもらえたことを知らせに、二人でレオンハルトの執務室を訪れる。

そこにはレオンハルトと側近のリカルドがいた。王太子と同僚であるセルジオの結婚話を初めて知り、彼は仰天していた。

「おめでとうございます……！　じゃ、じゃあ、今後、セルジオ様は王太子殿下の婿どのになるのか……」

「まだ先のことですし、どうかこれまで通りセルジオとお呼びください」

驚きすぎて混乱しているリカルドと、苦笑いのセルジオが談笑しているのを眺めながら、ユリアンは兄にそっと訊ねる。

「あの……レオンハルト兄様が、セルジオとのことを事前に父上と母上に伝えてくださったのですか？」

「いや、それはたぶんクラウスだろう。俺は、以前お前に頼まれた通り、父上に『ユリアンがクローディア様との時間を持ってもらいたいと言っている』と伝えただけだ」

では、レオンハルトの伝言のおかげで、母は父とごく普通の夫婦のように過ごせるようになったということなのだろうか。十年以上もほぼ没交流で、茶を飲みながら談笑するどころか、公の式典以外では顔を合わせることすらしていなかったはずなのに。

兄に礼を言いつつも、ユリアンがどこか腑に落ちずにいると、レオンハルトは思い出したように付け加えた。

「ああ、そういえば、少し前、ナザリオが父上から何か相談されたような話をしていたな」

「ナザリオ様が……？」

詳しいことは聞かなかったが、どこか心が晴れたような様子だったと言っていたそうだ。

彼は今、占いの間にいるはずだと教えられたので、ユリアンたちは仲介の礼にクラウスのところに行く前に、ナザリオのいる部屋に向かった。

王妃殿下ナザリオが占いを求める来客に対応するために設けられたのは、日当たりがよく過ごしやすい一階の部屋だ。その部屋を訪れ、客の応対を請け負っているらしいホーグランド大臣の部下に声をかけると、あともう一組で終わるところだと言うので、待たせてもらう。

それほど経たずに、頬を赤く染めた令嬢が部屋から出てくる。期待通りの占い結果を聞けたのか、目を輝かせて帰っていく様が微笑ましかった。

「――ユリアン様。セルジオ様も」

「こんにちは、ナザリオ様」

突然の訪問に驚いているナザリオに、少し時間をもらってもいいかと訊ねる。

もちろんですと快く応じてくれた彼は、使用人に茶を頼んでから、部屋の隅にあるテーブルに置いた籠の中を覗く。

中からぴょん、ぴょこん、と続けて二匹の小さな生き物が飛び出てきて、ユリアンは思わず「わあ！」と歓声を上げた。

ナザリオは懐から紙包みを取り出すと二匹に与える。糖衣がけのアーモンドを大喜びで食べる二匹を眺めながら癒やされていると、本題を忘れそうになり、慌ててユリアンは切り出した。

「実は僕、セルジオと婚約することになったんです」

照れながら紹介したユリアンと、隣で頭を下げるセルジオに、パッと顔をほころばせてナザリオが言う。

「ご婚約まことにおめでとうございます、ユリアン様、そしてセルジオ様」

彼はすぐに胸の前で手を組み、祝福の祈りを捧げてくれる。

使用人が茶を運んできて、ナザリオからもらったアーモンドを食べ終わった二匹は、一緒に出てきた茶菓子にも興味津々だ。

セルジオが手にしたクッキーを零れそうに大きな目で見つめているので、「食べるかい？」と訊きながら彼がそっと差し出す。二匹は体格のいい彼を警戒しているのか、おずおずと近づくと、おそるおそる受け取っている。ナザリオはすみませんと言って申し訳なさそうだが、自分たちの顔よりも大きなクッキーに二匹で齧りつく様は大変に可愛らしくて、ユリアンは身悶えた。

茶を飲みながら、ユリアンは、先ほど両親のところに結婚の許可をもらいに行ったことと、母がまるで別人のように落ち着いていたことを話す。

「レオンハルト兄様から聞いたのですが、もしかしたら、ナザリオ様が父上に何か言ってくださったのではないかと……」

少し考えたあとで、彼は小さく首を傾げて答えた。

「特別なことではないのですが……以前、ルードルフ様から『人生に後悔が多くあるのだが、今からでもやり直せるだろうか』というようなことを訊ねられたのです」

「父上が……？」

「ええ。僕は『たとえ死の前日であったとしても、やり直すことができるでしょう』と答えました。もし心残りがあるのでしたら、今すぐにでも、してあげたいことを、してあげたい方になさってください、と。そのあと、しばらく何か考え込んでいらっしゃるようでしたので、きっとこれまでもずっと、悩みを抱えていらっしゃったのではないかと思います」

父に悩みがあったとは、ユリアンには想像すらできなかった。

王家の長男として生まれて王位につき、大国を支配して強大な権力と莫大な資産を手にした。国を繁栄に導いて何もかもを手にしたが、一人目の后を亡くし、二人目の后は半ば心を病み、跡継ぎの長男とは不仲で、次男は王家を出て、三男とも溝がある。近年は病に伏す日々を送り、体が思うように動かない辛さを知ったはずだ。

確かに、どれだけ裕福で傅かれる地位にいても、父が幸福かと言われると悩ましいものがある。

そんな父に、神官だったナザリオの言葉は、どのくらい響いたのだろうか。

レオンハルトから末の弟の願いを聞き、長年、振り返ることのなかった后を思い出した。やり直すのに遅くはないかと悩みながら、母を部屋に招いたのだろうか。

次兄が王家を出てから、ユリアンにとって母の存在は重荷でしかなかった。

父に助けてもらいたかったが、動いてくれるとは思えなかった。それでも、諦め交じりに長兄を通じて頼んだことが、まさか、こんな結果に繋がるだなんて――。

「ありがとうございます、ナザリオ様……」

彼の言葉が後悔を感じていた父の心を動かし、母を変化させたのだ。ユリアンの目が潤んでくる。気遣うようにこちらを見るセルジオに、大丈夫だと微笑んで頷いた。

こんなにもすんなりと結婚を許してもらえたのは、レオンハルトとクラウスの手助けと、それからきっと、天から降りてきたような彼の純粋な言葉のおかげだ。

「い、いいえ、僕は何も……！」

慌てているナザリオを見て、菓子を食べ終えた二匹が目をぱちぱちさせている。

それから、セルジオとユリアンを見て、何か突然思い出したようにキューキューと鳴くのに、ナザリオがハッとしている。

「？　どうかなさったのですか？　この子たち、何か言いたいのかな？」

二匹が何か訴えている気がして訊ねると、困った顔のナザリオが、追加のおやつをあげながら言った。

「その……ユリアン様とセルジオ様のお二人を覚えているようなのです。僕の占いをお断りになる方はほとんどいらっしゃらないので、印象的だったらしく……」

ユリアンは思わずセルジオと目を見合わせた。

「失礼ながら、王妃殿下はこの子たちの言っていることがおわかりになるのですね」

訊ねたセルジオに、ナザリオははいと頷く。なんと言っているのか教えてほしいと頼むと、非常に言い辛そうに「『このふたり、ナー様の占いを断ったやつらです！』と言ってぷんぷんしていまして……も、申し訳ありません」と身を縮めながら伝えてくれる。

思わずユリアンは噴き出す。セルジオも苦笑しつつ、すまなそうに言った。

「あのときは、せっかくの占いを断ったりなど、無礼をして申し訳ありませんでした。もちろん、王妃殿下の素晴らしいお力を信じていないわけではありません。ただ、私が占いを必要ないと申し上げたのは、どのような相手が見えようとも、もしくは見えずとも、自分が生涯愛する人はユリアン様だけだと、すでにわかっていたからなのです」

——そんなに前から、彼は自分のことを真剣に思っていてくれた。

セルジオの真面目な告白を聞いて、ナザリオが頬をほころばせる。追加でもらったおやつを食べていた二匹は、嬉しそうに尻尾をふるふるさせている。初めて聞く彼の想いに、ユリアンは顔が真っ赤になるのを感じた。

「そ、そうだったんだ……僕……僕は、ナザリオ様がこの国にいらしてから、ずっと占ってほしくて……でも、いざ占ってもらえるとなると怖くなって……運命の相手は、どうしてもセルジオが見えてほしかったから……」

もじもじ言いながらうつむくと、セルジオがそっと手を握ってくる。

ナザリオがこの国に来てからしばらくの間、エスヴァルドではどこに行っても占いの話で持ち切りだった。多くの人々が運命の相手と結ばれ、幸せを掴んだ。

結局、運命の相手を占ってもらうことはなかったけれど、幸いにも紆余曲折の末にユリアンは片想いの相手と結ばれることができた。

もし、勇気を出してさっさと占ってもらっていたらと思うが、自分たちが成就するためには、もしかすると、これだけの時間が必要だったのかもしれない。

「……僕の占いは、ユリアン様たちには必要なかったようですね」

とても嬉しそうにナザリオが言う。おやつを食べ終わり、彼の肩の上に乗った二匹も、まるで祝福するかのようにキュウキュウと鳴きながら、ぱちぱちと前足を叩いてくれた。

＊

ユリアンは晴れ晴れしい気持ちで大聖堂の入り口に立つ。

今日はユリアンの十八歳の誕生祝いの日だ。そして、その祝いの席の前に、セルジオとの婚約の儀式が行われる。結婚式は半年後の予定だ。

新調してもらった衣装はセルジオの瞳の色と同じ碧色だ。正装を纏うユリアンの隣に立った彼は、上着が長めの軍服姿だが、何度見ても本当によく似合っていて、惚れ惚れするほど格好いい。

来ないでほしいと願うほど恐れていた十八歳の誕生日を、まさかこんなにも幸せな気持ちで迎えられるとは思ってもみなかった。

王と教会、議会の承認はすべて受けた。あとは大司教と神の前で誓いを立てるだけだ。

二人の婚約を知った誰もが驚き、大喜びで祝福してくれた。長年の間応援してくれたルイーザは、『だからお兄様はユリアンのことが好きだって言ったじゃない！』と泣きながら笑っていた。

婚約の儀式に招くのはごく身内だけだ。参列する予定なのは、セルジオ側は親代わりの伯父夫妻と、ダルザス家の当主である兄に妹のルイーザ、ユリアン側は杖を突いた父ルードルフと、彼を支える母クローディア、兄夫妻にクラウス夫妻――そして次兄のルーファスとその妻子だ。

イグナーツ領に住む彼のところに招待状を持った使者を向かわせると、ルーファスはすぐに全員で参加すると快く返事をくれた。将来的にはおそらく、ルーファスのところにいる三人の子供たちの誰かが王太子となり、大国エスヴァルドの王位を継ぐことになるだろう。

その事態について、レオンハルトは自分が同性を伴侶に選んだときから、ずっと考えていて、万が一のときにはルーファスの子にと話してもいたらしい。

もちろん、ユリアンが異性と結婚して子を作ったら、その子が次の王になるのは確実だった。だが、末弟が結婚しない可能性や、自分たちのように同性を選ぶことも、または子に恵まれても王位を拒む可能性だってないとは言い切れなかったからだ。

ルーファスの妻も、まさか我が子が大国の王になるなど願ってもない光栄なことだと、恐縮しつつも了承してくれているそうだ。

父から先々の案を伝えられた当初は、まだ次兄への怒りを消せずにいた母も、最終的には受け入れたらしい。『ユリアンの子でもルーファスの子でも、同じように私たちの血を引く孫で、王家の血を持つ大切な子供たちだ』と、父が根気よく説得してくれたおかげだと聞いて、ユリアンは頭が下がる思いがした。

まず大聖堂で婚約の儀式が行われた。大司教と前王夫妻、そしてセルジオの伯父夫妻立ち合いのもと、二人は誓いを立てた。

「――ユリアン、本当におめでとう！」

式のあと、わずかな時間だったが、ユリアンは久し振りに再会した次兄ルーファスと、彼の新たな家族たちと話すことができた。

「ルーファス兄様……皆で来てくれて、すごく嬉しいよ」

以前は痩せぎすだったのに、今の彼はふっくらしている。素朴な雰囲気の義姉と並ぶ彼からは、幸せな暮らしを送っていることが伝わってきた。ユリアンは、母からイグナーツに行くことを許されなかったので、次兄の結婚式にすら出られなかった。色々な非礼を改めて詫びたが、手紙のやりとりをしていたルーファスは、いいんだよ、気にしないでと鷹揚に許してくれた。

初めて会った甥っ子と姪っ子は金髪に青い目で、蕩けそうなほどの可愛らしさだ。

「……三人とも、お母様にそっくりだろう？」と苦笑する次兄に、確かにとユリアンも頬を綻ばせる。こんなにも自分にそっくりな愛らしい孫たちを見ては、まだ次兄に関しては頑ななままの母の心も溶けざるを得ないのではないかと思った。

しばらく城に滞在してくれるそうなので、ルーファス夫妻と積もる話をしつつ、甥姪たちとも交流することができそうだ。


大広間には、ユリアンの誕生日と二人の婚約の祝いの席が設けられていた。

大量の豪華なご馳走が振る舞われる宴の場で、ユリアンたちは王族や貴族、見知った顔の人々から、数え切れないほどの祝福を受けた。

結婚式にも必ず呼んでくれと頼まれて、「もちろんです」とそのたびに頷く。

ごく一部、年配の貴族の中には「また同性同士か」と呟き、渋い顔をする者もいたようだ。

(そういえば、ルーファス兄様やレオンハルト兄様の結婚が決まったときにも、同じように顔を顰める人がいたっけ……)

以前の自分なら、彼らの対応にすぐしょげていたかもしれないけれど、今となっては、気にしても仕方がない。そもそも、彼らは相手の性別や身分に納得がいかなければ祝うことをしない人々なのだとわかっているからだ。

おそらく、貴族とあまり関わりのない自分よりも、軍にいるセルジオのほうがそういった意味での風当たりは強いだろう。しかも、ユリアンがどんなにセルジオを褒め称えたとしても、『ダルザス家の次男が王太子をたぶらかして、道を誤らせた』と言いたがる者はいる。同じように同性と結婚した王族の兄や従兄よりも、貴族であるセルジオへの反発がもっとも強いはずだ。

そして、セルジオ自身が誰よりもそのことをわかった上で、ユリアンに求婚してくれたのだろう。

心苦しく思いつつも、そんな中であっても堂々と自分の隣に立ってくれる彼を、ユリアンは改めて誇らしく感じた。

ユリアンたちが祝福を伝えに来てくれる人々と談笑していると、息を荒らげたルイーザが席までやってきた。

「ユリアンっ!!　とうとう見つけたわ!!」

彼女は紅潮した頬で声を潜めて訴えた。彼女の目が歓喜に輝いていることに気づく。

「え……、それって、まさか……?」

そのまさかよ!と言うルイーザは、一人の青年を連れている。

「ユリアン王太子殿下、セルジオ様、このたびはおめでとうございます」

祝いの言葉に慌てて頭を下げながら、どうも会ったことがある顔だと気づく。

「……失礼ですが、もしかして……ディルク？」

ハッとしておそるおそる訊ねてみる。はい、という彼の答えに、ユリアンは仰天した。

「ユリアン、知ってたの!?」

「うん……だ、だって……彼は、ホーグランド大臣の息子じゃないか！」

知らないわけはない、ディルクはレオンハルトと同い年の青年だ。昔はよく城にも出入りしていたが、いつの間にか姿を見なくなった。今は長かった黒髪を短くしているし、以前はなかった眼鏡をかけているので、かなり雰囲気が変わっている。道理で人相書きを見ても彼だと気づかないはずだ。互いに挨拶を交わすセルジオも、ディルクの変貌ぶりに驚いているようだ。

「植物の研究も兼ねて、数年前から父の所領を管理しに行っていまして……皆さま、大変ご無沙汰しています」

ディルクは照れたように言う。ホーグランド大臣は『不肖の息子で……』と言うばかりで、軍に入らず社交界にも顔を出さない息子の話をすることはなく、近況を知る者はほとんどいなかった。

何でも、ディルクは植物をはじめとした薬草の研究者となり、日々、薬になる植物の調査と実験に励んでいるそうだ。すでに彼にあの日のことを訊ねたルイーザによると、彼女がディルクと出会った日のあと間もなく、彼は自然の豊かな地方の館に赴くことが決まったのだという。

どんなに探してもさっぱり見つからなかった理由が、ようやくわかった。

ごめん、とユリアンがルイーザに謝ると、「いいのよ」と頷きつつ、ぼうっとした顔で頬を染めている。

「あの……」

ディルクが何か言いかけ、皆が彼のほうに目を向ける。

「少し前のことですが、ユリアン様が書いて下さった手紙と寄付のおかげで、我が家の所領近くの教会に、定期的に教師と医師が来てくれるようになりました。生活の苦しい農家の子供たちが無償で食事をして、教師に授業を受けたり、治療もしてもらえるそうです」

おずおずと礼を言われて、ユリアンは目を瞠った。そう言えば、そんな手紙を書いたし、寄付もしたけれど、その後については知らずにいた。二か月ほど前、教会の下働きの者から、教会に来る子供の中に困窮したり、医師を呼べない家があるという手紙が届いた。役人に頼んで調べさせると時間がかかるので、ユリアンは城から直接教会に使者を送った。

成人したら、自ら学校や診療所を建てて寄付することもできる。だが、自分にはまだその力がないので、自らの懐の許す限りのことをさせてもらった。

「そうか、よかった……教えてくれてありがとう」

自分が書いた数多くの手紙の一つが、きちんと人々の役に立ったことを知り、感激で胸が熱くなる。ディルクがぎこちなく笑い、セルジオとルイーザも微笑んでいる。

城に来なくなった理由を訊ねただけで、まだルイーザは彼を長い間捜していた事情を打ち明けられてはいないらしい。ゆっくり話せるようにと、ユリアンは使用人に二人を応接間に案内するよう頼む。

どういうことかと怪訝そうなセルジオは、妹が名も知らぬ相手に年単位の片想いをしていた事実を知らないままだ。

「ええと……あとでゆっくり説明しますね」と囁き、ユリアンはセルジオとともに二人の背中を見送る。

ディルクは昔から優しい性格だし、ホーグランド家ならルイーザの結婚相手としても申し分ない。しかも、まだ会って二回目のはずだが、話しながら歩いていく二人は意外といい雰囲気に思える。彼女はユリアンをずっと励まし、片想いを応援し続けてくれた。どうか友人の恋がうまくいきますようにとユリアンは切実な気持ちで祈った。

「すみません、少し挨拶をしてきます」とユリアンに言い置き、セルジオが軍の同僚たちのいる席のほうに行く。宴の席は楽団が奏でる曲が聞こえ辛いほどのにぎわいで、酒で顔を赤くしている者もちらほら見える。

声をかけにくる者が途切れたところで、「ユリアン様、お疲れではありませんか?」とアデルが気遣ってくれる。

「まだ大丈夫だよ」と笑顔で言ってから、ふと思い立って彼女のほうを見る。

「アデル……今までありがとう」

改めて礼を伝えると、彼女は驚いた顔をしている。ユリアンは声を潜めて言った。

「今まで、目を瞑ってお母様に報告しないでいてくれたことがいろいろあったでしょう? 報告を命じられていたなら、心苦しかっただろうに……あなたのおかげで、ルルは捕まえられずに済んだよ。他のことも、言わずにいてくれて、すごく感謝してる」

以前、知るはずのないことをなぜか母が知っていて、疑問に思って状況を調べたところ、伝えたのはアデルしかないとわかった。

しかし、彼女は本当に細やかにユリアンに尽くしてくれた。飼っているわけではないとはいえ、こっそりルルにエサやりをしていると母に密告することもできるのに、黙っていてくれた。知られれば、母はユリアンの部屋の周囲にネズミ捕りを仕掛けさせ、必ずルルを始末しようとするとよくわかっていたからだろう。

「ち、違うんです……」

ハッとしたアデルは、とっさに言う。どういう意味かとユリアンが目を瞬かせると、一瞬気まずい顔になってから彼女は続けた。

「昔は確かに、逐一ユリアン様の行動を報告するように言われていました。厳しく命じられて断れず、報酬も頂いて……でも、罪悪感に苦しめられ、何年か前に『もうできません』とお断りしたんです」

その告白に、ユリアンのほうが衝撃を受けた。

「もちろん、クローディア様はお怒りになってすぐさま私を解雇しようとなさいました。ですが、侍従長がユリアン様にお訊ねすると、『アデルはよく働いてくれるから解雇しないで』と言ってくださったと……本当にありがたくて、それまでのことを深く後悔しました。それからは、もう二度とクローディア様の命令には従わず、いっそうユリアン様に心を込めてお仕えしようと心に誓ったんです」

「そう、だったんだ……」

予想外のことに、ユリアンは呆然とした。アデルが母に自分の行動を報告していると気づいたときは、かなりの衝撃を受けたが、悩んだ末に追及はしなかった。

下級貴族のアデルは若い頃に夫と死別し、実家に娘を置いて城に働きに来ていると聞いていた。そんな彼女が王妃だった母からユリアンの監視を命じられて、断れるわけがない。もし彼女が職を失えば、田舎で祖父母と暮らす娘の暮らしまで困窮してしまうかもしれないと思ったのだ。

それに、彼女は純粋に、いなくなったら困ると思うくらい有能な使用人だったから。

「ずっと誤解していて、ごめん」と慌てて謝る。「いいえ、私こそ申し訳ありませんでした」とアデルも謝ってくれて、二人で涙ぐみながら笑い合った。

改めて、これからもよろしくと頼む。アデルと手を握り合ったとき、賑やかな席のほうからさっそうと近づいてくる人物がいた——クラウスだ。

「やあアデル。少しユリアンを借りてもいいかい？」

「もちろんです」

丁重に声をかけられ、慌てて彼女が後ろに下がる。クラウスはユリアンのそばに片方の膝を突くと、困った顔で笑いながら言った。

「ユリアン、君の大切な人にレーヴェが絡んで少々困らせているみたいだ」

「えっ!?」

驚いて、セルジオがいる軍の幹部たちがいる席のほうに目を向ける。確かにそこにはいつの間にかレオンハルトがいて、セルジオの肩に手を置き、顰め面をして何かを囁いているようだ。周囲は苦笑している者もいれば、やや困り顔の者もいる。

「どうにかしてあげたかったんだけど、珍しく酒を飲み過ぎたみたいで、レーヴェは今、私の言葉には耳を貸す気がないようなんだ。ユリアンの言葉なら聞くはずだから、良かったら頃合いを見て助けに行ってあげてくれないか？」

「僕が言って聞いてくれるかな……」

慌てて席を立とうとするユリアンに「君の言葉なら必ず聞くよ、大丈夫」とクラウスは頷く。

「あの……レオンハルト兄様はセルジオと何を揉めているの？」

先に訊いておこうと、こっそり訊ねる。クラウスが微笑んだ。

「揉めているわけじゃないよ。ただ、可愛い弟を奪われたから、心配でたまらないんだろう」

そう言われて、ユリアンは思わず目を丸くする。

「どうして驚いているんだい？　小さい頃から君を一番可愛がってきたのはレーヴェじゃな

いか」

「うん……、でも……」

遠乗りや狩りには誘ってくれるし、頼み事は必ず聞き入れてくれる。けれど、兄はユリアンに厳しかった。弓で失敗したときは半泣きになるまで徹底的に特訓させられたし、何かうまくいってもあまり褒めてくれたことがない。そもそも笑顔自体滅多に見たことがなくて、何事にも優れた兄はどこか遠い存在だったのだ。

戸惑っているユリアンの顔を見て、「もしかして、本気でわかっていないのかい？」と言い、ふいにクラウスが真顔になった。

「ルーファスや君が生まれたとき、『弟ができた！』と言って、レーヴェは誰よりも喜んでいたんだよ。君が高熱で生死の境を彷徨ったときは、悲痛な顔をして毎日大聖堂に快復を祈りに行っていた。クローディア様がぴりぴりするようになってからは、レーヴェが弟たちに関わっても関わらなくても文句を言われるし、その結果、八つ当たりのように厳しく怒られるのは大体君たちだったから、だんだんと距離ができてしまったけれど……」

クラウスはいったん言葉を切ると、その場に片膝を突き、じっとユリアンを見つめた。

「ユリアン、彼は不器用なところがあるから、伝わっていなくても無理はないのかもしれない。でもレーヴェは、ルードルフ様が顧みなかった分以上に、君たちのことをずっと気にかけてきた。クローディア様から彼と張り合うように煽られ続けて苦しんでいたルーファスが、逃げるように王位継承権を放棄したときは、何もしてやれなかったとずいぶん悔いていた。どこかに行くとき『ユリアンも誘おう』と言い出すのは、いつも彼だ。そんなレーヴェが、まだ十代の弟が軍の部下と結婚するとなって、心配しないとでも思うのかい？」

呆然としたまま、ユリアンはゆっくりとセルジオと兄がいるほうを見た。

怖い顔をした兄に何事かを耳打ちされ、セルジオは珍しく恐縮した様子だ。

「ほら、セルジオに何か言っているだろう？　さっきから、『弟を必ず幸せにするように、もし泣かせたりしたら命はない』みたいな脅しを延々ぶつけていたんだから」

「クラウス兄様……」

目が潤んできて、鼻の奥がツンと痛む。

驚き過ぎて、わけがわからなかった。

アデルの思いも兄の気持ちも、何も知らずにいた。自分が我慢すればいいと思いながらも、なぜ自分だけがという思いを消し切れずにいた。

皆から大切にされていたことに気づかず、皆の深い思いやりも知らずに、強張って歪みかけていた心が、ゆっくりと柔らかくなっていくのを感じる。

「レオンハルトは兄として、もしかしたら君の父上よりも母上よりも、君の幸せを願っているよ。だから多少、婚約者のセルジオに厳しくなるのは大目にみてやってくれないかな……セルジオは非常に優秀な男だけれど、誰が相手であってもレーヴェはきっと気に食わないだろう。気持ちが落ち着けば、彼は公正な人間だから、きっと実力を見てセルジオのこともきちんと引き立ててくれるはずだから」

私もいるから大丈夫だよ、と言ってから、彼はふと遠くに目を向けた。

「……あ、でも、今だけはそろそろセルジオを助けに行ってあげたほうがいいかもしれないね」

「う、うん！」

クラウスの言葉に、ユリアンは慌てて再び立ち上がる。

「ありがとう、クラウス兄様……！」

彼に礼を言ってから、濡れた目元をごしごしと手で拭う。ユリアンは急いで、愛する人と大好きな兄の元に向かった。

＊

日も暮れて、祝福を一通り受け終わったところで、ユリアンたちも大広間をあとにする。

ユリアンには、セルジオを連れて行きたい場所があった。

「レオンハルト兄様がごめんね」

二人きりになると、ユリアンは彼に謝った。自分がそばに行って仲裁する前に、幸いにも兄はセルジオを解放していた。

誰かがナザリオを呼びに行ってくれたらしく、『レオンハルト様、そろそろ部屋に戻りましょう』と囁き、兄の手を取って、大広間から連れ出してくれたのだ。

気になさらないでください、とセルジオは許してくれたが、あとで兄にはもう二度とセルジオに脅しをかけたりしないよう頼んでおかねばならない。


大広間を出て向かったのは、広大な城の別棟にある一室だった。ユリアンは何度か足を運んでいるが、彼は初めて足を踏み入れる部屋のはずだ。

扉を開けると、室内には誰もいない。しかし、すでに燭台に明かりが灯されているのを見て、セルジオが不思議そうに訊ねてきた。

「ここはどなたのお部屋ですか？」

「ええと、いちおう、僕とセルジオの、なんだけど」

驚いた顔の彼に、ユリアンは少し照れながら説明した。

「僕の部屋は二人で暮らすには少し手狭でしょう？　だから、結婚式が終わったら、セルジオとこちらの部屋を使ったらどうかって、父上が勧めてくださったんです」

城に住む王族は結婚すると、別棟に部屋を与えられることが多い。裏庭に面したこの部屋は、広い居間と書斎、そして寝室が続き部屋になっている。もう夜なので今はわからないが、昼間来るととても日当たりがいい部屋だ。

「いい部屋ですね。前王陛下にお礼をお伝えしなければ」

セルジオも気に入ってくれたようで、ユリアンはホッとした。

奥の扉が寝室なんです、と言って、ユリアンは手を引いてそちらにセルジオを連れていく。

こちらの部屋も、すでに明かりが灯されている。

室内には、二人で横になってもじゅうぶんすぎるほど広い天蓋付きの寝台と、まだ半分ほどが空の本棚があった。

「先に一通り僕の私物の移動はしたんだけど、足りないものがあれば、結婚式までに少しずつ揃えさせます」

そこまで言うと、ユリアンは唐突に喉が詰まったようになった。

「それと……」

もじもじしているユリアンの顔を、彼が不思議そうに覗き込んでくる。

「なんでしょう？」

「あ、うん……その……、本当は、婚約期間中は、一緒の部屋に泊まることは許されていないんだけど……その、さっき、クラウス兄様から『今夜は二人で朝まで一緒にいても大丈夫だよ』って言われたんです。レオンハルト兄様もぜったいに文句は言わないからって、セルジオにも伝えておくように言われて……」

セルジオがかすかに目を瞠るのが分かり、顔が熱くなるのを感じる。

「できれば、僕もそうしたいんだけど……」

〝今夜は朝までここで一緒に過ごしたい〟という気持ちを、しどろもどろになりながら伝える。

「……朝まで、私もここにいて、よろしいのですか？」

やや驚きを滲ませた声音で訊ねられ、うん、と頷く。恥ずかしくてうつむいていると、目の前に来た彼が、ユリアンの髪にキスをした。

「失礼します」と声をかけてから、彼がユリアンの背中と膝裏に手を入れる。サッと抱き上げられて、寝台に連れていかれた。

柔らかな寝台に沈み込んだ仰向けの体の上に、彼が覆い被さってくる。セルジオはユリアンの両頬を大きな手で包み、そっと口付けてくる。優しく何度も唇を啄んだあとで、彼は微笑んで言った。

「あなたとともに夜を過ごせるのは、まだしばらく先のことだと思っていました。もちろん、しきたりに従って待つつもりでいましたが……クラウス様の気遣いに感謝しなくてはなりませんね」

セルジオも喜んでくれていると知って、ユリアンはホッとして笑顔になった。

「良かった。僕、すごく嬉しくて、でもあなたにどう思われるか心配で、なかなか言い出せなくて」

彼が不思議そうな表情を浮かべる。

「私が断るとでも思ったのですか？」

「うん……もしかしたら、『しきたりを破るなど』って言われるかなと思っていました」

正直に言うと、彼が心外だという顔になった。彼は身を起こし、ユリアンの手を握る。

「どうやら、ユリアン様はまだ、私の気持ちをきちんと理解してくださってはいないようですね」

握った手を引き寄せて、指先に口付けると、物言いたげな目でじっとこちらを見つめる。彼の目に熱が灯ったのに気づいて、ユリアンの心臓の鼓動が跳ねた。

「ですが、もうそろそろ、ちゃんとわかっていただかなくてはなりません」

そう言うと、セルジオは纏っていた軍服の上着を脱ぎ、シャツの襟元を緩める。腰に帯びた剣を外してサイドテーブルに置くと、再びユリアンの上に伸しかかってきた。

自分で脱ぎます、と言ったけれど、させてはもらえず、上着もズボンも彼の手で脱がされた。あっという間に前を開けたシャツと靴下だけという恥ずかしい姿にされてしまう。自分だけが半裸にされ、羞恥でユリアンは落ち着かない気持ちになる。

「……ユリアン様、緊張しているのですか？」

気遣うような声音に「少し……」と答えてから、ユリアンは正直に打ち明ける。

「だって……本当に、あなたが僕の婚約者だなんて、まだ夢のようで……こうなってみても、まだ信じられないんです」

すると、唇に笑みを刷いたセルジオは、ユリアンの手を取る。甲に口付けて、「私は……いつかあなたと、こんな日が来るといいと願っていました」と囁いた。

嬉しい言葉に感極まりそうになったユリアンは、慌てて瞬くと涙を誤魔化す。ふと、気になっていたことを訊ねてみた。

「セルジオ、いつから僕のことを好いていてくれたのですか？」

彼は「いつからでしょう」と言って、少し困ったように目を伏せる。

「レオンハルト様の誕生祝いの場で三歳のあなたと出会ってから、ずっと成長を見守り続けてきました。でも、これが恋愛感情なのではないかと気づいたのは……そうですね、誰に告白されても誘われてもピンとこず、あなたの笑顔や泣き顔が思い浮かんだときです。もう他の相手を選べないと自覚したのは、あなたが十五歳くらいの頃でしょうか」

三年も前から、とユリアンは驚く。自分こそ、彼が剣の打ち合いに出てくるのを覗き見て、会えるかもしれない図書室に通い詰め、今日は会えた会えなかった、一言言葉を交わせたと一喜一憂し、長い間セルジオのことだけを想い続けてきた。だが、彼の想いにはまったく気づかずにいた。

ふとセルジオが真面目な顔になって口を開いた。

「ユリアン様。私は今では軍でもそれなりの地位を与えられていますが、私が今の私になったのは、あなたのおかげなんですよ」

「僕の……？」

わけがわからなくて首を傾げると、そうです、と彼は頷く。

「私には兄と腹違いの妹がいます。母は私を産んで間もなく亡くなったのです。父は出来のいい兄に期待をかけ、継母は実子である妹を可愛がりました。正直、幼い頃は家に居場所がないと感じて、逃げるように祖父の家に行ってばかりいたんです。だから、本当はその後も軍に入隊する気などなく、成人したらすぐ、あなたを連れていったあの祖父の家で引き籠もって暮らそうなどと決めていました……考えが変わったのは、あなたに出会ったからです」

「僕……!?」

思わず驚く。ええ、と彼は微笑むが、ユリアンは彼と出会った日となると、自分が大失敗をした記憶しかない。

「出会って間もない頃から、あなたは私に尊敬と憧れの目を向けてくれました。当然、私よりも優れた者など、我が国には数え切れないほどたくさんいます。でも、そんなことなど構わず、『セルジオはすごい』と言い、あなたはただの平凡な少年だった私に、分不相応な称賛を与え続けてくれたのです。幼かったあなたの澄んだ目が、私に努力を惜しむことを許さず、腐らずに前を向く人間になるよう後押ししたのですよ」

ユリアンは目を丸くする。セルジオは少し照れた顔で、だが真剣な声音で囁いた。

「……私を今の私にしたのは、長い間まっすぐな目で見つめ続けてくれた、あなたなんです」

伝えられた言葉が胸を打つ。いつしかユリアンの目の端から、熱いものが溢れていた。

セルジオが顔を寄せ、愛しげにその涙を唇で吸い取ってくれる。

「ぼ、僕のほうこそ……あなたへの憧れがあったから、これまでなんとか挫けずにいられました」

ユリアンはぎくしゃくと手を伸ばし、彼の項を引き寄せる。セルジオが優しく口付けをしてくれる。ユリアンを潰さないように体を支える彼の腕の力強さにうっとりした。

これまで彼に憧れを抱き、淡い想いを抱き続けた日々は無駄ではなかった。

ユリアンの存在は、ささやかながらも彼の支えになっていたのだ――自分にとって、恋をした彼の存在が、前を向くための大切な希望になっていたのと同じように。

そして、これからはその彼が人生をともに歩んでくれる。今日は大切な人たちが二人のことを祝ってくれて――紆余曲折あったけれど、家族皆がユリアンたちの幸福を祈ってくれているることに深く感謝した。

すぐそばに焦がれ続けた愛しい人がいる。彼はユリアンと額を擦り合わせ、鼻先をくっつける。

間近から熱を込めた目で射貫かれて、「ユリアン様……あなたを私にくださいますか？」と潜めた声で訊ねられる。

顔が真っ赤になるのを感じつつ、ユリアンはこくこくと頷いた。

すぐに深い口付けが降ってくる。唇を吸われ、舌で舐められてふるっと体に震えが走った。

セルジオの手がユリアンの髪に差し込まれ、優しく梳くようにする。

熱っぽく何度も口付けられながら、もう一方の手で首筋や胸元を撫で下ろされる。セルジオの手はとても熱い。ユリアンは、触れられたところが、まるで火を灯されたみたいに次々と熱くなっていくのを感じた。

「あ……っ」

ふいに小さな乳首を指先が探り当て、きゅっと摘まれる。びっくりして、思わず声が漏れてしまった。ユリアンが反応を見せると、セルジオは口の端を上げ、どこか嬉しそうだ。

そこを指先でくりくりと捏ねるように弄られて、ユリアンの手がぎゅっとシーツを握り込む。彼が与えてくるくすぐったいようなもどかしいような刺激に耐えていると、彼が体を下にずらして、胸元に顔を伏せた。

「え……？　ひゃっ、あっ!?」

乳首に口付けられ、顔が真っ赤になるのを感じる。勝手に声が漏れるのが恥ずかしくて口元を押さえようとすると「もっと聞かせてください。式までの間、あなたの可愛らしい声をよく覚えておきたいのです」と言われ、やんわりと手を離すように促される。

「そんな……あ、あ、んっ」

困惑していると、彼のかたちのいい唇がまた自分の小さな乳首に触れて、そっと啄む。そうしながら、伸ばした舌先で軽く押し潰すようにして敏感な尖りをねろりと舐められると、全身に淡い痺れが走り、ユリアンはびくびくと身を震わせた。

「ん……あっ、ぁ」

次第に興奮した様子のセルジオが、ユリアンの小さな乳首をややきつめに吸い上げる。ちゅくっと音がして、同時にもう一方の乳首を指先で摘まれると、どうしようもないほどの痺れで腰が疼いた。

胸がこんなに感じるなんて、気持ちがいいけれど怖い。何度も強く吸われ、唾液が滴るほど舌で舐(ねぶ)られる。同時に指でも弄られ、声がかすれるほどユリアンは喘がされ続けた。

「……セルジオ……、胸、もうゆるして……」

どうしていいのかわからず、涙声で頼むと、やっと顔を上げた彼が、「すみません、まさかこんなに感じてくれるとは思わず……あなたが可愛すぎて、やりすぎてしまいました」と慌てた様子で言い、労るようにユリアンの額に口付けてきた。

「もし、あなたに嫌がられたら、今夜はやめようと思っていたのですが……大丈夫なようですね」

そう言われて気づくと、口付けをされ、胸を弄られただけなのに、いつしかユリアンの脚の間のものはすっかり上を向いてしまっている。はしたないほど先端を濡らしているのを見て羞恥が湧いたが、こんなに熱を込めて愛されて、反応せずにいられるわけがなかった。

一度身を起こした彼が、サイドテーブルに手を伸ばす。

クラウスから伝言されたあと、部屋の用意をしてくれたヨラントにも、今夜はこの部屋で休む予定だと伝えておいた。だからか、寝台のサイドテーブルの引き出しの中には、香油や清潔な綿布をきちんと用意してくれている。

一人でとも二人でとも言わなかったが、準備をしてくれたヨラントの気遣いに感謝する。

セルジオは引き出しの中から香油の瓶を取る。それからユリアンの体をうつぶせにさせ、そっと腿を掴んで脚を開かせた。

「あ、あの、僕、それは自分で……」

慌てて身を起こそうとすると、背後にいるセルジオが、シャツを脱ぎながら目を丸くした。

「……ご自分で、してくださるのですか？」

こくりとユリアンは頷く。恥ずかしかったが、図書室で調べ、同性同士で愛し合う方法も調べてきた。

「それは、嬉しいですが……あなたの指は細いので、私にさせていただいたほうが、あとが楽かもしれません」

そう言って、シーツを掴んでいたユリアンの手に、彼が手を重ねてきた。

改めてこうすると、確かに二人は手の大きさも指の太さもまったく違う。小柄とはいえ十八歳の男であるユリアンの手は、彼の手と比べると、まるで子供のようだ。

けれど、セルジオのこのしっかりとした男らしい指が、これから自分の中に入るのかと思うと、とてつもない羞恥が込み上げてくる。

「じゃ、じゃあ、お願いします……」と、ユリアンはうつむいて小さな声で頼み、慌てて顔を枕に押しつける。彼が微笑む気配がして、肩先に優しく口付けをされる。

「……っ」

香油を垂らしたらしく、濡れた彼の指が後孔に触れて、ユリアンは息を呑む。締まった蕾にその滴りを塗り込むように動く。

しばらくそうしてから、入れます、と告げられ、濡らされた後孔に彼の指がゆっくりと押し込まれ、じわじわと中に入ってくる。

セルジオは時間をかけてユリアンの後ろを慣らした。

「あ、……ん……、う……っ」

一本目の指はそれほど苦しくなかったが、慣らすように中で動かされると、違和感がある。

香油を足しながら、彼の指が三本挿いるまでの間に、何度も腰がびくっと跳ね、ユリアンは息も絶え絶えになるほど悶えさせられた。先走りが零れたのか、腹の下がぐしょぐしょに濡れているのを感じる。それに恥ずかしさを覚えることもできないくらい、体が熱を持っていた。

「よく頑張りましたね」と褒められて、項に口付けが落とされる。

ようやく指が抜かれて、涙に潤んだ目を背後に向ける。すると、シャツを脱いだセルジオがズボンの前を寛げ、自らのモノを取り出すところが目に入った。

半裸になったセルジオの体は、ユリアンの体とは大きな差があった。肩も胸板も腹も、硬そうな筋肉がしっかりとついていて引き締まり、完全に上を向いて反り返った昂りは赤黒く充血して、ユリアンのものの倍ほどもある。

あれを挿れられたら、壊れてしまうかもというほどの大きさに思わず目を瞠ったが、セルジオとやっと結ばれるのだと思うと、やめたいという言葉は出なかった。

「ユリアン様……、大事に、そっとしますから……あなたの中に入ってもいいですか？」

かすかに上ずった声で訊ねられて、ユリアンは真っ赤な顔で頷いた。

彼の手で押し広げられた臀部に、熱い先端が擦りつけられる。

「……う、うっ」

硬く滾った肉棒がゆっくりとユリアンの中に押し入ってくる。

香油でじゅうぶんに濡らされ、彼の指でも時間をかけてじっくりと慣らしてもらったはずなのに、それでも、セルジオの逞しい昂りを呑み込むのは辛かった。少しずつじわじわと呑み込まされると、呼吸もできないくらいの圧迫感が襲う。大丈夫ですか、一度抜きましょうかと、気遣うように何度訊かれても、ユリアンは必死で首を横に振った。ただ、セルジオと繋がりたい、彼のものになりたいという気持ちでいっぱいだった。

時間をかけすぎると、いっそう苦しめると悟ったのか、セルジオが少し強く腰を押し進めてくる。ぐぐっと突き入れられ、ユリアンは悲鳴のような声を上げた。

「ひ……あっ」

熱い息を吐きながら、セルジオが時間をかけて、ようやくすべてを収める。

「ユリアン様……、息をしてください」

背後から、体重をかけないように伸しかかってきた彼が、身を強張らせているユリアンの胸元を撫でる。必死で息を吸っていると、彼が耳や項に何度も口付けをする。

苦しいことがわかったのか、繋がったまま、彼はしばらくの間動かずにいてくれた。手を取られて甲や指の関節に優しく口付けられているうち、だんだんと体から強張りが解け、彼のモノを中が受け入れようとし始める。

胸元に差し込まれた手が、いたずらにユリアンの乳首に触れた。

「んっ」

予想外の刺激に体がびくっとなり、中にいる彼をきゅっと締め上げてしまった。セルジオのモノの存在を改めて実感し、ユリアンは深く息を吐く。

「よかった……少し、馴染んできたみたいですね……」

ホッとしたように囁くセルジオが、顔を覗き込んでくる。

「うん……ちょっと、楽になってきたかも……」

そう言いながら、首を捻って彼のほうを向くと、甘く唇を吸われた。

深く体を繋いだまま口付けをする。唇を舐められ、差し込まれた舌で舌を搦め捕られる。

苦しいのに気持ちがいい。夢中になって口付けに応えているうち、ゆっくりと彼が腰を動かし始めた。

「あ……、ん、ん……っ！」

セルジオの硬く滾った性器が、狭い中をじわじわと注挿する。限界まで押し開かれて、彼のかたちにされた内部を、張り詰めた先端でごりごりと擦り立てられた。

少し揺らされただけで、全身が痺れたようになって、腹の奥がじんと熱くなる。

痛くないですか、と訊かれてこくこくと何度も頷く。

いつもと変わらずに気遣ってくれる優しさと、これまで抑え込んできた自分を求める情熱の両方が伝わってくる。苦しさが消えたわけではないが、もう少しも辛くは感じなかった。

彼がまた少しずつ抜き差しを始める。やや深く挿れられ、背筋を痺れが駆け上がる。思わずシーツを握ったユリアンの手に、彼が上から手を重ねてきた。

「あ、……あっ」

昂ったモノで狭い中を擦られながら、強張った体を抱き竦められて、より深く押し入られ、ユリアンは声を上げた。今日見つけられた中の感じるところを、彼の昂りでずくずくと刺激されると、腰から下に力が入らなくなる。

「セルジオ、待って……っ」

とっさに怖くなって言うと、彼がぴたりと動きを止める。

「どうしました」と訊かれたが、うまく説明できない。

頼みは聞いてくれたが、途中で止められて、彼の息は荒く、苦しそうだ。もじもじしているのが申し訳なくなって、正直に伝えた。

「あんまり中を擦られると……なんだか、僕……先に、一人で達してしまいそう……」

恥ずかしくなって、熱い顔を枕に押しつける。セルジオのモノで後孔を突かれているだけなのに、体がじんじんしてどこもかしこも熱い。自分の性器も先端をびしょびしょに濡らし

て硬くなっているのがわかる。

こういうとき、どうすることが正解なのかがわからない。

一度中から抜いてもらって、少し熱を冷ましたほうがいいだろうかと思っていたユリアンは、逆にぐっと奥まで突き込まれて、「ああっ！」と声を上げた。

「な、なんで……？　待って、って」

「我慢などしなくていいのです。私はあなたに少しでも感じてもらいたくて、こうしているのですから」

荒々しい息で言われて、困惑する。ユリアンが学んだところによると、性交は二人で達さないと意味がないのではないか。

「で、でも……僕も、セルジオを気持ち良くしたい……」

潤んだ目で必死に訴えると、中をゆるゆると擦っていた彼のモノがびくりと強張る。

「……あなたの中は、たまらないほど気持ちがいいですよ」

セルジオは抜くどころかユリアンの腰を掴み、昂りを深く押し入れてくる。

「あ、あ、んっ！」

「ユリアン様、どうか、堪えずに感じてください」

上ずった声で言い、セルジオはユリアンを背後から抱き竦めると、にわかに腰の動きを速めた。

「あっ、あっ、で、でも」

反射的に腰を捩ろうとするけれど、歴然とした体格差と力の差の前で、逃げられるわけもなかった。

「あうぅ……、あっ、あっ」

尻を潰されるみたいに密着させられ、硬いモノで内部をずくずくと突かれてユリアンは嬌声を上げた。

感じるところを繰り返し執拗に擦り立てられて、びくびくっと体が震える。体が強張り、頭の中が真っ白になって、気づけば奇妙な解放感とともに、ユリアンは敷布の上に蜜を零してしまっていた。

「ご、ごめんなさい、僕……」

我慢ができず、一人で先に出してしまい、恥ずかしさと情けなさで泣きそうになる。

半泣きで謝ると、セルジオが動きを止めてユリアンの頬に口付けてきた。それから彼の手が、達したばかりのユリアンの性器をそっと握り込む。

「構わないと言ったでしょう。ああ、こんなにたくさん出して……初めてなのに、私のモノで中を擦られるのが気に入ってくれたのですね？」

嬉しそうに言われて、羞恥に塗れながらも、ぎこちなく頷くしかない。

彼がユリアンの胸元に腕を回して支えながら、ゆっくり身を起こす。

「あ……、んっ」

繋がったまま彼の膝の上に座るかたちにされると、高ぶったままの性器が更に奥まで押し込まれて、ユリアンは思わず甘い声を上げた。

セルジオはご褒美をくれるように何度も頬や耳たぶに口付けながら、ユリアンのまだ少し硬い小ぶりな性器を、丁寧にゆるゆると扱いてくれる。彼の性器をずっぷりと呑み込まされたまま、昂りを扱かれると、半勃ち状態のモノがまた熱を帯びた。

「セルジオ、それ、気持ちいい……」

恥ずかしかったが、正直に囁くと、身を預けている彼の体がびくっとなった。

ユリアンの膝裏に手を入れた彼が、脚を開かせた体を再び突き上げ始める。

「あうっ、あ、あっ！」

腹の奥のほうまで深く突き込まれ、狭い中をセルジオの性器でいっぱいにまで開かされる。

体が燃えるように熱くて、全身が汗で濡れている。背後からユリアンを抱き竦め、密着しているセルジオの硬い体もまた汗塗れだ。

「ん……、ひゃっ、あっ！」

ぐちゅぐちゅと突き上げられながら、ふいに乳首に触れられて、ユリアンは身をのけ反らせた。慌てて手で覆って胸を隠そうとしたけれど、少し強引に差し込まれた彼の手に、乳首を摘まれ、くりくりと弄られてしまう。

「む、胸はやだって……」

尻の奥に突き込まれる肉棒と、乳首にいじわるをしてくる指先に、ユリアンは身悶えた。立て続けに刺激を与えられて、ユリアンの性器は再び完全に上を向き、先端からはしたなく蜜を垂らしている。

「セルジオ、セルジオ……、大好き……っ」

されるがままに揺すられながら必死に伝えると、ユリアンの中を押し広げている彼のモノが脈打ち、いっそう硬くなる。

「ユリアン様……」

首を捻って背後に目を向けると、涙で濡れたおぼろげな視界に、身を伏せてきた彼の顔が映る。愛しげに唇を吸われてから、「愛しています」とかすれた声の囁きが吹き込まれた。

「あぁぁっ！」

大きな手でしっかりと腰を掴まれて、一際荒々しく注挿される。もう少しも堪えられず、触れられてもいないユリアンの前から、二度目の蜜がぴゅくっと溢れた。

達して震える体を、セルジオは許さずに突き上げ続ける。ぐちゅぐちゅという淫らな音とともに、ユリアンの尻から香油が溢れ出して、脚の間をとろりと伝う。

「あ、ぁ……」

滾り切った凶悪な性器を最奥まで呑み込まされ、中にどっと熱いものが注がれる。きつく抱き締められて、全身にセルジオの愛が行き渡るようだと思った。

ユリアンは、今までに感じたことのないほどの深い幸福に満たされていた。

すべてを出したあとも、セルジオはしばらくの間、繋がりを解かずにユリアンを抱き締めていた。

全身がじんわりと熱くて、指先までかすかに痺れている。

「あ……っ」

惜しむようにゆっくりと抜かれ、思わず甘い声が漏れる。目尻を濡らす涙を唇で吸われ、ぎくしゃくとした動きでユリアンは彼のほうを見上げた。

逞しい体を汗濡れにしたセルジオが、心配そうにこちらを見つめている。

「ユリアン様、体は大丈夫ですか？」

うん、と頷くと、彼が照れたように笑ってユリアンの手を握り、大切な宝物にするように甲に口付ける。思わず頬を緩めると、また涙が溢れた。

これから先、セルジオとともに過ごしていく日々を思う。

いつの間にか、ユリアンは明日を待ち遠しく思えるようになっていた。

満たされた気持ちで涙を拭くと、顔を寄せて、自分から愛しい人に口付けをした。

*

瞼の裏にかすかな明るさを感じて、ゆっくりと目を開ける。

ユリアンが目覚めると、すでに夜は明けていた。同じ寝台で眠ったはずのセルジオはすでに身支度まで終え、枕元に腰かけて、優しい目でこちらを見つめていた。

慌ててがばりとユリアンは跳び起きる。

「お、おはよう、セルジオ」

「おはようございます、ユリアン様。少し早く目が覚めてしまったので、あなたの寝顔を眺めていました」

「そんな……すぐ起こしてよ……」

驚きの発言に羞恥を感じ、顔を手で覆う。きっと自分は相当に間抜けな顔をして眠っていたに違いない。よだれを垂らしていなかっただろうかと思うと死にそうだ。

「ぐっすりお休みのようでしたし、まだ早い時間なので、起こすのが可哀想で。いつまで見ていても飽きないくらいに可愛らしかったですよ」

どこか嬉しげな声で言う彼にそっと抱き寄せられて、ユリアンはおずおずと手を外して顔を上げる。間近にいるセルジオは、今まで見た中で一番幸福そうな顔をして、ユリアンの額に口付けた。

「……これからあと半年も、こうして同じ部屋で休んだり、朝を迎えることはできないんだね」

幸せすぎて、思わずため息を漏らす。

本来、王族の婚約から結婚式を挙げるまでの間は三か月ほどだが、ユリアンたちは半年後になった。理由は兄であるレオンハルトが「急ぐ必要はないだろう」と言ってそう決めたからだ。兄は国王なので、彼が決定して議会が承認すれば、王太子であるユリアンには覆せない。

だが、よくよく考えてみれば、ユリアンは兄が結婚したときのナザリオよりも一歳年上なのだ。ユリアンがそう兄に不満を表明したので、ナザリオも何か意見してくれたようだが、結局兄は譲らなかった。

理不尽だと内心でユリアンが少々の不満を感じていると「たった半年の辛抱です」とセルジオが言った。

「それに、泊まってはいけないだけで、あなたの部屋を訪れてともに過ごすことは許されています。それだけでも、じゅうぶんに私は幸せです」

「セルジオ……」

前向きな彼の言葉に、確かにその通りだと、ユリアンは子供染みた自らの考えを反省する。

改めて、彼が本当に半年後、自分の伴侶になってくれるのだと実感して、嬉しさが込み上げた。

そろそろアデルがこの部屋に朝食を運んできてくれる頃だと、手早く身支度をする。

上着を着せかけてくれたセルジオが、ふと窓のほうに目を向ける。なんだろうとそちらを見て、ユリアンは目を輝かせた。

「ルル！」

急いで駆け寄り、窓を開ける。

「こっちの部屋まで来てくれたの？　なんて賢いんだ、ほら、おいで」

そう言って手招きすると、ルルはとことこと窓枠を歩いて、ぴょんとユリアンの掌の上に跳び乗った。セルジオにはルルの話もしていたから、驚かさないように眺めてくれる。

「この子が例の餌付けをしている子ですね」

「うん。すごくお利口でね、ひまわりの種が大好きなんだ」

ネズミの仲間のように見えるが、それにしては大きいし、ユリアンがいる新しい部屋を見つけられるほど嗅覚が優れている。

『坊ちゃま、あたくちがいちばん大好きなのは、種ではなくてパンです！』

「え？」

セルジオに説明している最中、聞こえた声に、ユリアンは目をぱちぱちと瞬かせる。

「セルジオ……今、『パンが好き』って言った？」

「いいえ、何も」

セルジオは不思議そうに問いかけを否定する。

今この部屋にいるのは、二人と一匹だけだ。

思わず掌の上にいる丸っこいネズミのような、またはリスのような見た目のルルをじっと見つめる。

『坊ちゃま？』

ルルが首を傾げて言った。

「ルル……もしかして、しゃべってる？」

『あああ……あたくちの声が、聞こえるのですね!?』

ルルの小さな前足がぷるぷるしている。心なしか、真っ黒な目も輝いているようだ。

小さな耳と長い尻尾をぴくぴくさせながら、ルルは甲高い声を張り上げた。

『あたくちは、いつだって話しかけておりましたのよ！　むかしは坊ちゃまとお話ができたってみんなから聞いていたから、きっといつかあたくちもお話できるはずだって信じてました！』

「昔……皆って……？」

興奮しているのか、ルルの言っていることはよくわからない。

『鳥さんやうさぎさんですわ！　みんな、鳥のおじいちゃまやうさぎのひいひいおばあちゃまから、坊ちゃまとお話しできたことを聞いたんですって！』

驚愕しすぎて、話の内容がすぐには頭に入ってこない。まさかと思うが、ルルはその『みんな』から、ユリアンが子供の頃、どんな生き物とも話せたときのことを聞いたというのだろうか。

もしかしたら、自分はまだ夢を見ているのかもしれないと、ユリアンがこの現実を疑っていると、ふと窓の下に人影が現れた。

裏庭を歩いているのは、レオンハルトとナザリオの兄夫婦だ。

兄は最近、時々ナザリオに乗馬を教えているらしいから、おそらくこれから馬場に向かうところなのだろう。

二階の部屋の窓から眺めていると、ナザリオがふとこちらの視線に気づく。彼は窓辺にいるユリアンたちを見上げて笑顔になった。

手を振る彼が隣にいるレオンハルトに知らせ、兄がこちらに目を向けて頷く。

ユリアンが手を振り、セルジオが二人に頭を下げた。

するとそのときだ。ナザリオの袖口からぴょんと出てきた小さな二匹が、彼と兄の肩の上にそれぞれ跳び乗った。

『『ネズミちゃん！』』

唐突な高い声に、ユリアンは仰天した。

小さな二匹は『ナー様、でんか、あそこにまんまるでかわいいネズミちゃんがいます！』と言い、こちらを見て大はしゃぎしている。

話しているのは、どう考えても、ユリアンの掌の上にいるルルのことだ。

『あ、あたくちはネズミではありません!!』

二匹の声が聞こえたらしく、ルルは毛を逆立ててぷんぷんに怒っている。それを見た二匹はまた『ふわふわでかわいい！』と大喜びだ。

――ルルだけじゃなくて、ピーノとロッコの声も聞こえる。

『あの子にお菓子をわけてあげたいです！』

『お菓子をあげたら、われわれとお友達になってくれますでしょうか？』

「どうかな、今度ユリアン様にお願いしてみようか」

「じゃあ俺が聞いておこう」

ユリアンの驚きに気づかない兄夫婦は、小さな二匹の話に頷きつつ、ユリアンたちに手を振ってからその場をあとにする。

ごく普通に二匹の声が聞こえているらしい彼らの背中を、ユリアンは呆然として見送る。

いつもならただの囀りに聞こえる裏庭の木に止まった鳥たちの声も『おはよう』『いい朝ね』と話しているのがわかる。

——ずっと聞こえなかった動物たちの声が、どうして突然また聞こえるようになったのか。

理由はさっぱりわからない。けれど、なくした大切なものをようやく取り戻せた気がして、じわじわと嬉しさが胸に込み上げてくる。

『坊ちゃま？』

「ユリアン様？　どうかなさいましたか？」

ルルの不思議そうな声と、セルジオの心配そうな声が同時にかけられる。

ユリアンは「ご、ごめん、大丈夫だよ」と言って、ルルに机の上の小物入れからひまわりの種をやる。それを見てヒゲと尻尾を垂らしたルルに「朝食が運ばれてきたらパンもあげるからね」と言うと、一気に両方をぴんとさせてご機嫌になった。

ぱりぱりと上手に種の殻を割って、中身を美味しそうに食べるルルを眺めてから、ユリアンはセルジオに目を向ける。

（どうしよう……なんて言ったらいいのか……）

今の出来事を彼にどう伝えようかと思いながら、ユリアンは言葉を選ぶ。

気遣うようにこちらを見る彼には、ルルやピーノたちの声が聞こえない。それでも、セルジオはきっと、昔の母のようにユリアンの言葉を否定したりはせず、信じてくれる。

そして、再びユリアンの耳に生き物たちの声が届くようになったことを、心から喜んでくれるはずだ。

アルマにルーファス、そしてレオンハルトの顔が頭をよぎる。

――もしかしたら、ずっと彼らの声は聞こえていたのに、勝手に耳を塞ぎ、心を閉じていたのは、自分のほうだったのかもしれない。

「あのね、セルジオ……僕、聞いてほしいことがあるんだ」

あらゆるものから解放されたかのような気持ちで、ユリアンは彼を見つめる。

幸福な気持ちに包まれて、今起きたばかりの奇跡のような出来事を話し始めた。

END

＊　あとがき　＊

この本をお手に取って下さり、本当にありがとうございます！

二十七作目の本は、「王子は無垢な神官をこよなく愛す」のスピンオフで、王立軍の軍人のセルジオと、国王レオンハルトの腹違いの弟であるユリアンの恋のお話になりました。

シリーズとしては二作目の「聖なる騎士は運命の愛に巡り合う」と三作目の「王は無垢な神官に最愛を捧げる」に続く四冊目となります。

一作目で、まだ当時第一王子だったレオンハルトと、小国から来た神官ナザリオが森の中で出会うときからその場に居合わせて、登場していたユリアンなのですが（落馬した上にナザリオを矢で射殺しかけています汗）当時から、遠慮しつつもものすごくナザリオに占いをしてもらいたがっていて、彼の想い人は誰なのか？その恋の顛末は？というのも、いつかかたちにしたいなと思っていたので、今回本にできてものすごく嬉しいです。

続きものを出してもらうのはなかなか難しくて、本来はこの本も二冊目か、運良く三冊目まで出してもらえて終わるところだったのですが、奇跡的に四冊目まで出していただくことができました。本を買って下さったり、ご感想をアップして下さったり、お手紙をお送り下さった皆様のおかげです……本当に本当にありがとうございました！

あとはヴィオランテのダヴィド王太子のお話と、それからもう一人、フィオラノーレの王家から出奔した謎の王子がいるので、彼らのお話をどこかで書けたらいいなと思います。あと、ピーノとロッコ+ルルのお話も書きたいです！（ルルはちょっと大きめのデグーみたいなイメージです。あと、『あたくち』と言っていますが、性別はオスです）

ここからは御礼を書かせて下さい。イラストを描いて下さったみずかねりょう先生、シリーズ通して眩いほど麗しいイラストを描いて下さり、どの本も眼福でした。今作のカラーも、ユリアンは可愛く、セルジオは大変男前で、時間を忘れて見入ってしまいます。モノクロも素敵な構図ばかりなので、拝見するのをとても楽しみにしています。

担当様、今回はいつもに輪をかけてお手間をおかけしてしまい、本当に申し訳ありませんでした……！　こんなに素敵な本に仕上げて下さり、心から感謝しております。

この本の制作と出版に関わって下さった皆様にも、全力でお礼を申し上げたいです。

最後に読者様、ここまでお付き合い下さり、本当にありがとうございました！　ナザリオとレオンハルト、小さな二匹をはじめとしたシリーズの登場人物たちを、ちょっとでも好きになってもらえたら本当に嬉しく思います。ご感想等ありましたらぜひ教えてくださいませ。来月でデビュー十年目+無垢な神官シリーズ完結祝いで、個人的に感謝企画をしたいなと思っていますので、良かったらチェックしてやってくださいね。ではでは、また次の本でお会いできたら幸せです。

二〇二二年七月　釘宮つかさ【@kugi_mofu】

プリズム文庫をお買い上げいただきまして
ありがとうございました。
この本を読んでのご意見・ご感想を
お待ちしております!

【ファンレターのあて先】
〒153-0051 東京都目黒区上目黒1-18-6 NMビル
(株)オークラ出版 プリズム文庫編集部
『釘宮つかさ先生』『みずかねりょう先生』係

気高き騎士は初心な王子を一途に愛す

2022年08月01日 初版発行

著　者　釘宮つかさ
発行人　長嶋うつぎ
発　行　株式会社オークラ出版
〒153-0051 東京都目黒区上目黒1-18-6 NMビル
営　業　TEL:03-3792-2411 FAX:03-3793-7048
編　集　TEL:03-3793-6756 FAX:03-5722-7626
郵便振替　00170-7-581612(加入者名:オークランド)
印　刷　中央精版印刷株式会社

Printed in JAPAN　ISBN978-4-7755-2988-1